NEVADA from BARBÈS

François Loubeyre

NEVADA

[from BARBÈS]

Roman

ISBN : 978-2-9578525-0-5
Première édition Juin 2021

Table des matières

À Marc Villard

Mon admiration pour son œuvre est à l'origine de ce roman.

« Là où il n'y a pas d'espoir, nous devons l'inventer »

Albert Camus

« On s'enfonce dans le combat comme dans les abysses »

Julien Lorcy

TYSON

Boxe, boxe.

Quatre poings bandés, seules les premières phalanges sont à nu, enflées, meurtries. Il faut dire que les coups sont portés, secs et puissants. Surtout ceux de Mohamed, il pilonne Tyson, qui encaisse.

L'illusion de pouvoir assister à un combat historique entre Mohamed Ali et Mike Tyson ne peut durer plus de quelques secondes, car c'est juste un entraînement dans une salle miteuse de Barbès, un ancien local de stockage de pneus reconverti en salle de boxe, tellement crasseux que la lumière du soir a du mal à percer à travers les vitres. Les néons suspendus ont pris le relai.

Et puis les deux combattants portent des casques de protection, c'est moins sexy, et Tyson c'est un prénom, pas un nom, celui d'un blanc et pas d'un noir. Son patronyme complet c'est Tyson Iovanovic, casque bleu, il est roux et fils d'immigrés yougoslaves, musclé mais sec, un boxeur rapide d'habitude. L'autre, casque rouge, est noir. Mohamed, Saada pas Ali, sa famille est française depuis trois générations. Plus massif que Tyson, plus puissant mais plus lent.

Remercions quand même le brassage mondial des populations et la récente désaffection pour les prénoms du calendrier catholique pour ces quelques secondes de plaisir.

Ce n'est pas tout à fait de la boxe non plus, c'est du Bare Knuckle, de la boxe mais sans gants, celle des rues, celle qui commence à cartonner chez les jeunes sur les réseaux sociaux, les "likes" sur You Tube l'attestent. Si elle cartonne c'est parce qu'elle est sanglante, neuf fois sur dix, même le vainqueur finit méconnaissable.

Tyson encaisse une droite sur sa tempe gauche. Heureusement, son casque en mousse préserve sa beaugossité du carnage. Son nez, couvert de taches de rousseur, est encore miraculeusement fin. Ça ne durera pas, les combats en viendront forcément à bout, car il compte bien combattre encore longtemps, il aime ça, il veut en faire son métier, et il rêve de gagner des titres.

L'uppercut le secoue. Impossible pour lui aujourd'hui de prendre le dessus sur Mohamed, l'envie n'y est pas, c'est dans sa tête que ça coince. C'est forcément dans la tête parce que les failles de son adversaire il les connait, ça fait deux ans qu'ils boxent ensemble, ils ont à peu près le même niveau mais d'habitude Tyson a plus la niaque, plus la rage, sûrement parce que Mohamed lui, ne veut pas en faire son métier. Lui, s'il boxe c'est pour avoir la caisse, il en aura besoin chez les pompiers, et ça, il veut en faire son métier.

« Qu'est-ce qui se passe dans la tête de Tyson ? » C'est la question que se pose Samuel, leur entraîneur.

— Tyson ! Relève ta garde merde !

Le coaching est vain, Tyson vient de prendre un second uppercut, ces coups-là vont malheureusement souvent par deux. Mohamed s'apitoie un instant et le laisse reprendre son souffle, puis repart à l'assaut. Il déclenche une série de crochets à laquelle Tyson réplique par un gauche sans conséquence. Un dernier direct très lourd et Tyson vacille, il met un genou à terre.

— Stop !

Samuel arrête le massacre.

SANTA

Entre chien et loup, l’expression désigne le court moment pendant lequel le jour se transforme en nuit, où le ciel nous expose l'intégralité de sa palette de couleurs, instant de l'ultime mélange. Mais elle pourrait tout à fait décrire Bruno Santamaria. Un chien, qui tourne en rond dans sa cage, les rues de Barbès, depuis presque trente ans... Un chien policier, car il est flic. Un loup aussi, à l’affût de ses proies. Pas les petites, les insignifiantes, les pickpockets ou les petits dealers, non, les vrais nuisibles, ceux qui cognent les filles jusqu’à ce qu’elles perdent connaissance, les dangereux. En bon loup, il a toujours travaillé de nuit, parce qu’il préfère, parce qu’il a l’habitude, et parce qu’à la Brigade de Répression de la Prostitution, c’est la nuit qu’on débusque les proies les plus intéressantes.

Entre chien et loup, c’est toujours à ce moment-là qu’il prend son service, au moins six jours par semaine. Esthétiquement il y gagne, la lumière du couchant donnant à sa peau noire de jais des reflets bronze, gommant momentanément les rides profondes et les poches qui encerclent ses yeux bleus, dont le blanc est rouge. Sa barbe de trois jours, grisonnante, fait pelucher le haut de ses cols roulés, les quatre qu’il possède, marque identique, modèle identique, deux de chaque couleur, gris bleu et beige, râpés. Il les porte sous son éternelle veste en velours côtelé brun foncé, à laquelle il ajoute son gros manteau gris l'hiver. Ça fait longtemps qu'il ne s'interroge plus au sujet de sa tenue avant de partir bosser.

Ce soir il roule dans Pigalle au volant d'une Peugeot grise, qui n'a de banalisée que le nom car ça fait longtemps que les prostituées du quartier l'ont repérée, avec son aile avant gauche enfoncée et sa plaque d'immatriculation, SK 696 PJ. Il a Pigalle dans le dos et Barbès droit devant. Il laisse derrière lui les lumières "flashy" des sex-shops, les touristes qui s'engouffrent à la queue leu-leu dans le Moulin Rouge, les pickpockets qui cherchent leurs proies, les rabatteurs des sexodromes qui croient que sans eux plus aucun mec en manque de coups de bite n'oserait rentrer dans leur bouclard, pour finalement entrer dans Barbès.

Barbès, surplombé par son métro aérien, dont les gigantesques jambes de pierres abritent des migrants, des trafics, des vendeurs de clopes à la sauvette, du deal, des toxs, des SDF. Comme une preuve grandeur nature de la grande capacité d'adaptation de l'être humain. Saturation des couleurs et des sons.

Étrangement, la vie ici grouille tellement, qu'elle n'a pas l'air si dure.

Quasiment toutes les filles qui bossent entre le dix-septième et le dix-neuvième connaissent donc cette voiture, et aussi Santa, c'est comme ça qu'elles l'appellent, comme tout le monde d'ailleurs, parce que d'appeler un noir "Père Noël" ça fait toujours marrer, les métastases du colonialisme ont la vie dure. Par contre personne ne connait encore Simon, assis siège passager. Simon Winkler, les collègues prononcent "vin clair", blague de commissariat, comme il vient d'intégrer la brigade ils peuvent se permettre de le chambrer sans risque de représailles. La hiérarchie l'a collé dans les pattes de Santa la semaine dernière, quand Jeannot est parti, à la pêche il paraît, à la retraite c'est sûr.

Changement radical pour Santa, Simon et Jeannot sont très différents. Physiquement Simon est plus beau, cela dit peut-être que Jeannot était beau gosse aussi à trente-deux ans, quoique. Simon a la mâchoire carrée, une peau de bébé, il fait sûrement beaucoup de sport et pas d'excès, ses épaules sont larges et ses pectoraux sont fermes. Alors que Jeannot ça a toujours été Marlboro/Whisky, les poissons peuvent être rassurés, ils ne vont pas tarder à être débarrassés de ce prédateur.

Mais le grand changement c'est surtout que Jeannot et Santa étaient sur la même longueur d'onde, les codes des rues de Barbès se sont imprimés dans leurs gênes avec le temps, ils avaient leur petite routine, qui les satisfaisait autant que leurs supérieurs, subtil équilibre entre sécurité des riverains et désengorgement des tribunaux, sélection souvent arbitraire avant confrontation avec la juste justice.

Avec Simon c'est différent. Santa ne le connait pas encore bien, mais il présente beaucoup des caractéristiques du jeune flic idéaliste. Par exemple en ce moment il observe avec attention tout ce qui se passe sur le boulevard, à l'affut du moindre délit, il a l'air d'avoir envie d'agir, d'en découdre. Il doit croire que les flics peuvent mettre fin à la prostitution, et peut-être même encore au bien et au mal, c'est dire !

Santa lui, est avachi dans son siège, il n'a aucune envie de jouer la nounou, il lui suffit d'attendre, Barbès se chargera de remettre les idées du jeune loup dans les bonnes cases.

La radio émet. À l'heure où les astronautes communiquent nickel avec la terre, le son de ces machins est toujours aussi pourri.

— *Scritch... PC pour QMA est-ce que vous êtes engagés ? Scritch... Non négatif. Scritch... Est-ce que vous pouvez venir rapidement pour une agression station Barbès, je répète une agression station Barbès ? Scritch... ok c'est parti. Scritch...*

La Peugeot grise n'est qu'à quelques centaines de mètres de la station, Simon s'excite.

— C'est juste à côté.

Santa ne sourcille pas, il conduit calmement.

— On y va pas ?

— La BRP c'est le proxénétisme, pas le maintien de l'ordre.

Simon prend sur lui. Santa sourit.

— Tu vas t'habituer. Pour l'instant c'est encore moi qui...

— *Scritch... TND6 du portable BAC 18. Scritch... J'écoute TND6. Scritch... Homicide signalé au 10 rue Myrha. Scritch...*

— Décide si...

— *Homicide au 10 rue Myrha. Scritch... Bien reçu TND6 on envoie du monde. Scritch...*

Le visage de Santa se transforme, il rétrograde et accélère fort, l'œil de Simon s'allume.

— Faudra que tu m'expliques.

Santa prend sur lui. Simon sourit.

IMAN

Porte de Clichy, boulevards extérieurs, ce n'est pas très loin de Barbès mais c'est un autre monde, la vie y grouille moins et elle a l'air beaucoup plus dure, question de décor certainement, ici tout est gris. Une discrète bruine froide s'est mise à tomber, tellement fine que seuls les halos jaunes des réverbères au sodium la trahissent. Les filles qui tapinent là vont devoir enfiler leurs doudounes, mettre leurs mains dans leurs poches et rentrer leurs têtes dans leurs épaules, pas bon pour le commerce. Seules celles qui sont défoncées resteront à moitié nues, elles auront sûrement plus de clients mais elles le payeront au réveil. Ce sont principalement des africaines, quelque chose dans leur parcours d'immigration doit agir comme un entonnoir qui les déverse là.

Deux enseignes sont allumées sur le boulevard, celle du "Modern Hotel chambre double 39 Euros/nuit", et celle de "Chez Momo la pause Kebab". Aucune des deux ne donne vraiment envie d'entrer, à moins d'avoir très très faim ou d'avoir besoin de monter avec une fille. Ce qui doit être le cas du petit gros qui s'approche d'Iman.

Elle a l'air d'avoir dans les vingt ou vingt-cinq ans, métisse aux cheveux mi-longs et aux yeux noirs, elle vient juste de s'emmitoufler dans sa doudoune. Elle est assise sur un plot en béton, sa place à elle, son domaine réservé. Recroquevillée sur son téléphone elle ne voit pas arriver le petit gros, ni n'entend ses mots inutiles, elle se lève et répond par habitude.

— Je te préviens j'enlève pas le haut.

— Hein ? C'est quoi cette connerie ?

— Tu seras pas déçu par le bas.

Elle retire ses écouteurs et le tire par la manche. Il esquive, elle lui sourit.

— Viens.

Elle part vers l'entrée de l'hôtel, jupe moulante noire sur collants noirs, son cul est sublime, le gros lui emboîte le pas.

OUALID

— Ouvre les yeux !

Le jeune Hamid ouvre les yeux, le canon d'un flingue est à deux centimètres de son front.

— Baaam !

— Aaahhh !

Hamid fait un bond en arrière. Tétanisé il se demande s'il est mort, ou en train de mourir, il ne sent pas encore la douleur mais elle apparaîtra sûrement d'une seconde à l'autre. Il essaye de parler, sans résultat. S'il a perdu la parole c'est bien qu'il va mourir, sa pulsation cardiaque doit frôler les cent-quatre-vingt, il voit pourtant nettement Oualid face à lui, son propre frère, celui qu'il aime tant, qu'a-t-il fait pour qu'il le tue ? C'est bizarre qu'il lui tende le flingue et c'est fou le nombre de pensées qui peuvent traverser un cerveau en une seconde.

— Bon anniversaire gros ! Quatorze ans mon frère !

Les connexions neuronales d'Hamid se figent. Oualid se marre comme une baleine et la puissance de ce rire est bénéfique au cerveau du petit, il revient progressivement à la réalité, putain la peur de sa life, la vie de sa mère.

— Oualid ! Wallah t'es grave !

Oualid, un maghrébin assez fin, pas très grand, le visage émacié, dans les vingt-cinq ans, à l'air très satisfait de sa blague pourrie.

— T'as flippé gros !

— Putain tu m'as fait flipper ma race fils de pute, j'ai cru qu'on t'a raconté une connerie sur oim et que tu l'aurais gobée, et que t 'allais me fumer !

— Je te ferai jamais du mal frangin, t'es pas bien dans ta tête ou quoi ?

— Non mais je sais pas, je me suis fait un film, putain t'es relou !

— Excuse gros, c'était pour la surprise.

Oualid lui tend à nouveau le flingue.

— Tiens ! Prend-le ! C'est ton cadeau, c'est un 7,65, c'est pas de la merde.

Hamid le prend, prudemment, le manipule, impressionné.

— T'inquiète il est pas chargé, je suis pas ouf, les bastos elles sont là, tiens.

— Putain ça déchire grave !

— Ben ouais je me fous pas de ta gueule frangin.

Oualid traverse la pièce jusqu'à la baie vitrée. L'appartement doit être plutôt grand vu la taille de son salon, mais la décoration est sans aucune cohérence, assemblage hétéroclite de meubles clinquants et d'appareils électroniques dernier cri, victime flagrante du marketing Rap, “que de la marque” Il a une excuse, quand il était petit il n'avait rien. Il écarte légèrement le rideau et observe le boulevard trois étages plus bas, la station Barbès-Rochechouart est dans l'axe, illuminée et à moins de cent mètres.

— Je vais bientôt me barrer Hamid.

— Wallah ! Qu'est-ce que tu me racontes ?

Oualid contemple son quartier avec émotion parce qu'il a décidé de le quitter bien qu'il abrite cent pour cent de ses souvenirs, ce ne sera pas facile. Mais sa décision est irréversible.

On pourrait le prendre pour un contemplatif, tellement ce petit tirage de rideau est devenu une manie chez lui, mais ne vous y trompez pas, il s'agit juste d'un réflexe, d'une acuité acérée, celle capable de repérer n'importe quel mouvement inhabituel dans un rayon de cinquante mètres trois étages plus bas, l'instinct de la proie qui tente de repérer ses prédateurs ou, dans son cas, un toc de dealer paranoïaque.

— Le truc le plus important à savoir dans le biz, c'est qu'il faut savoir s'arrêter. Je viens de toucher un super produit. Quand je l'aurai vendu je balance mon appart', ça me fera juste assez de thunes pour me barrer au bled et plus jamais bosser. À vingt-huit ans frère, essaye de faire mieux.

— Au bled ? Tu vas grave te faire chier au bled !

— Dans une baraque avec piscine ? Face à la mer ? Je vais être comme un pacha ma gueule !

— Yemma* elle est au courant ?

---

* Maman

— Je lui dirai quand j'aurais trouvé la baraque, et après vous venez me rejoindre.

Oualid cherche dans le regard d'Hamid l'expression d'une quelconque reconnaissance, un peu d'envie au moins. Mais il ne trouve que silence et tête baissée.

— J'ai tous mes potes ici.

Il rejoint son petit frère, planté au milieu du salon avec son 7.65 dans les mains, comme statufié par toutes ces émotions.

— Je veux pas que tu reprennes le biz Hamid, toi tu le vois pas mais c'est devenu grave chaud, les grossistes ils sont devenus barbares, ils se la jouent cartels mexicains, à la moindre erreur tu te fais fumer !

Il désigne le flingue.

— Ce que je veux c'est que tu veilles sur Yemma, et pour le reste tu me fais confiance. Ok ma gueule ?

Il tend son poing, Hamid le check, c'est son grand frère et, il a beau essayer de le cacher, il l'admire.

SAMUEL

Tyson et Mohamed entrent dans le vestiaire, ou plutôt ce qu'eux appellent le vestiaire, deux bancs récupérés à l'école maternelle d'à côté et quatre casiers métalliques rouillés abandonnés à la fermeture de la boite, posés dans l'ancienne pièce d'eau du local syndical. Ils checkent les gars qui se préparent pour la séance d'entraînement suivante, des poids lourds, et s'assoient côte à côte sur le seul banc disponible. Ils sont en sueur, ils sortent des bouteilles d'eau de leurs sacs. Tyson a le visage fermé et la fraicheur de l'eau ne suffira pas à lui remonter le moral. Mohamed le sait, il est gêné pour lui, il sait que Samuel va arriver pour le débrief et que Tyson va manger. C'est juste un mauvais moment à passer, il lui remontera le moral après.

La porte s'ouvre, l'entraîneur se plante face à eux, bras croisés, avis de tempête.

— Mohamed c'était vraiment bien. La puissance, la vitesse. T'es prêt à combattre, sur un combat sérieux je veux dire.

Samuel c'est une masse toute tatouée, qui n'a pas besoin de gueuler pour se faire respecter, quelques belles victoires en MMA* assurent sa légitimité et son regard ne laisse jamais de place au doute quant

* Mixed Martial Arts

à ses intentions. Il tend son poing massif à Mohamed, qui lui adresse un sourire modeste.

— Check coach !

Check.

Le calme précède toujours la tempête. Samuel cherche maintenant à capter le regard de Tyson, mais il a la tête baissée, et rentrée dans les épaules. Alors il laisse le silence s'éterniser, peser de tout son poids, le môme finira bien par la relever. Voilà ! Son visage est sur le point de réapparaître. Allez ! Les yeux maintenant. Ça y est !

— Qu'est-ce qui t'arrive Tyson ?

Pas de réponse évidemment.

— T'étais pas à l'entraînement Jeudi et ce soir t'as un gauche mou comme un loukoum. T'as plus envie de boxer ou quoi ?

Instantanément Tyson rebaisse les yeux, alors il gueule.

— Baisse pas les yeux ! Réponds ! T'as plus envie de boxer ?

Tyson les relève timidement.

— Si.

— Alors y'a quoi ? T'es amoureux ?

Tyson devient rose foncé, c'est le problème des peaux claires, difficile de cacher ses émotions. Il ne s'y attendait pas à celle-là, Samuel est sorti de son registre habituel, avec une certaine clairvoyance il doit bien l'admettre.

— Non.

— Je me rappelle plus qui c'est, mais y'a un mec connu qui a dit: "*Si la femme était bonne, Allah en aurait une*", ou un truc comme ça. Je te laisse méditer.

Les deux ados se marrent, même s'ils ne savent pas de qui est cette citation. Samuel non plus d'ailleurs, qui vient d'adapter l'originale de Guitry à sa sauce en omettant sa fin*, ça l'arrange.

Il entame alors une randonnée pédestre à travers le vestiaire, qui consiste en une répétition incessante d'allers et de retours d'environ trois mètres, distance qui sépare le mur des casiers. Tyson se demande à quoi va ressembler la prochaine salve et il s'en tortille les doigts.

— Y'a une place dans votre catégorie au hammam samedi, c'est cinq-cent boules pour le gagnant.

Le regard de Samuel passe de l'un à l'autre. Décidément, il ne fait pas dans le classique ce soir. Du coup Tyson reprend espoir, il est persuadé qu'il a sa chance, son visage s'éclaire.

— Je veux combattre samedi coach !

— T'es sûr ?

— Oui coach.

— J'entends pas !

Tyson gueule.

— Oui coach ! ! !

L'entraîneur reprend sa rando et fait vraiment durer avant de parler. Le môme en déduit que oui, il a sa chance.

---

* *Mais si elle était si mauvaise, le diable l'aurait aussi.*

— Tyson si tu boxes comme ce soir t’as neuf chances sur dix de prendre une raclée... Et moi neuf chances sur dix de passer pour un con. Samedi ce sera Mohamed. Tu peux t’en prendre qu’à toi. Depuis quand on rate un entraînement sans prévenir ici ?

— C’est la première fois.

— C’est pas toi qui es venu menu me voir en me disant: “Coach je veux devenir pro” ? Si tu crois que c’est en ratant les entraînements que tu vas y arriver t’as rien compris !

Samuel a retrouvé son registre habituel, pas de cadeau, tu payes cash chacune de tes erreurs, la vie est un combat, c’est comme ça qu’on forme les champions.

— Si tu te bouges le cul tu feras peut-être le prochain. À demain !

La porte du vestiaire claque, la résonance dure une éternité. Puis le silence, lourd, se réinstalle en fondu enchainé, les épaules de Tyson s’affaissent, son regard descend instinctivement jusqu’à ses chaussures, plombé par le sentiment d’injustice qui l’envahit : il sait qu’il est meilleur. Il se dit que d'ici samedi il peut encore convaincre Samuel, il reste encore un entraînement. Mohamed lui est empêtré dans sa gêne, ce combat il s’en tape, mais il ne peut pas dire ça à son pote pour lui remonter le moral. Il range donc lentement ses affaires le temps de trouver un autre angle d’attaque, hypothétique. Tyson lui ne bouge pas, du tout, c'est long. Mohamed finit par se lancer, il lui met un coup de poing amical sur l'épaule.

— Hè !

Tyson relève la tête.

— Je la connais ?

Tyson hésite, puis lui sourit.

— C'est Djamila.

— Putain canon enculé !

Alors la fierté réapparaît dans son regard.

SANG

Les échoppes de la rue Myrha sont encore toutes ouvertes, ici les horaires sont affichés à titre indicatif.

L'activité commerciale number one c'est l'épicerie, au sens large parce qu'elle peut tout à fait se combiner avec un centre téléphonique spécialisé à l'international, non pas que les propriétaires aient un jour souhaité monter des holdings, mais la pauvreté pousse souvent à se diversifier. Les produits exotiques qui débordent des étals sont frais parce qu'il y a du débit mine de rien, ils libèrent des odeurs surprenantes pour une rue de Paris, qui ne suffisent malheureusement pas à rendre la pollution totalement supportable.

L'activité number two c'est la réparation, surtout des appareils électroniques, téléphones, tablettes, tous les trucs à base d'écrans. C'est pas l'Apple Store bien sûr, plutôt des anciens cordonniers qui se seraient reconvertis au numérique. D'un point de vue esthétique, l'alternance tellement systématique des boutiques minables et des façades murées pourrait faire croire que ça a été pensé comme ça, par un architecte un peu perché, ou traumatisé par les Legos dans son enfance.

Santa se gare en vrac, à cheval sur le trottoir, à trente mètres du numéro 10. Il sort, speed. Simon, malgré sa condition physique au top a du mal à suivre, il faut dire que toutes les questions qui s'empilent dans son cerveau ont tendance à le perturber et à le ralentir. C'est la première fois qu'il voit Santa aussi pressé depuis qu'il patrouille avec lui. Jusqu'à présent le seul adjectif qu'il aurait pu choisir pour le décrire serait "nonchalant" ou, en plus de mots, "l'air d'en avoir jamais rien à foutre de rien", mais là, une mouche l'a piqué.

Devant le 10, tout en marchant, Santa tape aux volets fermés du rez-de-chaussée, continue jusqu'à la porte de l'immeuble, compose le code et entre. Simon lui colle aux basques, sans en perdre une miette. Dans le hall la première porte à gauche s'ouvre, c'est la loge du concierge. Patrick apparaît, soixantaine, tatoué, en Marcel, pas rasé, clope à la main. L'inquiétude se lit dans le regard de Santa, dans sa question aussi.

— C'est elle ?

Patrick baisse les yeux, Santa encaisse, et se tourne vers Simon.

— C'est au cinquième, porte de gauche. Je te rejoins.

Le jeune flic reste d'abord planté là, sans comprendre, mais le regard de Santa ne laisse aucune place à la contestation. Alors il part vers le fond du hall, il cherche quelque chose, Patrick abrège sa quête.

— Y'a pas d'ascenseur !

Simon attaque l'escalier, vive le sport. Santa s'adosse au mur du hall, il est tout pâle, il a du mal à respirer, sonné. La main de Patrick se pose sur son épaule et tente de lui venir en aide.

— Viens boire un coup.

Pendant que le concierge enclenche la migration vers sa loge, Santa sort un petit flacon de sa poche, bascule le capuchon avec son pouce, fait tomber deux cachets dans le creux de sa main, et les avale. Sans eau ça a du mal à descendre mais à la longue on s'habitue, et là c'est une urgence.

Puis il rejoint Patrick et s'assoit à la table du salon. À chaque fois qu'il entre ici il a l'impression de pénétrer chez une grand-mère, la tapisserie doit dater de... Ce qui est sûr c'est que rien n'a bougé depuis très longtemps, que Patrick ne s'est jamais dit qu'il allait tourner la page, refaire la déco, même dix-neuf ans après la mort de Bella, pour passer à autre chose. Cette tapisserie c'est forcément elle qui l'a choisie.

Sa "touch" à lui c'est les posters de boxeurs, dédicacés, les coupes, trois c'est déjà ça, et les gants accrochés au mur. Il a boxé dans sa jeunesse et il aimerait bien en être encore capable, mais la bouteille de Pastis est déjà sur la table à côté du cendrier plein, alors c'est sûr, il ne boxera plus jamais. Santa le regarde remplir les verres, ici le Pastis c'est sans eau, mais il n'a pas la tête à l'apéro.

— La criminelle va venir te poser des questions.

Patrick referme la bouteille.

— Je t'ai jamais vu, évidemment.

Les lèvres de Santa se serrent, l'autre prend ça pour un sourire complice et s'en contente. Le flic avale son verre, cul-sec, se lève, et sort.

L'appartement du cinquième est grand, cent mètres carrés minimum, féminin, mélange de Maison du Monde et d'Ikéa. Dans le salon, assis dans l'un des deux fauteuils, Simon est pâle. C'est la première fois qu'il se retrouve seul face à un cadavre, ça ne s'apprend pas en travaux pratiques à l'école de police. Le corps est étendu au centre du grand tapis, dans une mare de sang. Santa entre, s'agenouille à côté d'elle, marocaine, quarante ans, très belle, un grand trait rouge en travers de la gorge. Simon l'observe, il a l'impression que Santa la contemple. Ils sont tous les deux dans un état second, le jeune à cause du sang et le plus vieux certainement à cause des deux Dexédrine qui commencent à faire effet. Simon parle sinon il va vomir.

— Elle était canon.

Santa, se relève, attrape le sac à main qu'il a repéré sur le canapé, le fouille, en sort un téléphone. Bips, touches, menus déroulés avec le pouce. Les yeux de Simon sont écarquillés.

— Qu'est-ce que tu fais ?

— J'efface mon numéro.

La bouche de Simon bée. Depuis son arrivée il y a deux semaines il trépigne parce que rien ne se passe, et là, en quelques minutes, tout s'emballe et il est dépassé.

Santa essuie le téléphone avec son mouchoir, le remet dans le sac, qu'il continue de fouiller, en sort un agenda, le feuillette. Il prend son temps, s'arrête sur certaines pages, celles sur lesquelles son nom apparaît, qu'il arrache. Au moment de le remettre dans le sac il hésite, et le fourre finalement dans sa poche.

Simon est sûr de lui, Santa fait tout pour avoir l'air et, même si aucune larme ne coule sur ses joues, il sait qu'il pleure. Alors il tente d'en savoir plus.

— C'est toi qui... je veux dire... T'as quelque chose à voir là-dedans ?

— C'était ma gonzesse.

Mc Do

Tyson a les paupières tuméfiées et son sac de sport en bandoulière. La salle n'est qu'à deux rues de chez Djamila, alors il est passé la prendre après l'entraînement, elle bosse jusqu'à vingt-trois heures au Mc Do de la place Clichy trois soirs par semaine, plus des extras lorsqu'il y a des absents. Après elle rentre à pied et elle n'est jamais très rassurée, alors elle essaye toujours de se faire raccompagner. Traoré le fait parfois, c'est son meilleur pote de boulot, il est balaise, c'est parfait. Mais ce qu'elle préfère, depuis trois mois, c'est quand Tyson vient la chercher.

Les deux amoureux s'arrêtent devant l'immense Mc Do. Il la prend par la taille et lui fait un bisou. Il la rassure plus que Traoré, son air de boxeur irlandais malgré ses origines yougoslaves y est pour quelque chose. Rouquin, cheveux très courts sur les tempes et plus longs sur le dessus, la nervosité de sa musculature se lit rien que sur sa mâchoire lorsqu'il parle, et ses phalanges esquintées indiquent clairement qu'il n'a pas peur de se servir de ses poings. Pourtant son regard est doux, c'est un gentil et ça se voit, en tout cas, elle, le voit. C'est justement cette douceur qui lui saute aux yeux à cet instant, et qui l'incite à se lancer.

— Ça serait cool qu'on habite ensemble.
— Dans ma chambre de bonne ?
La chambre de bonne a bon dos. Il sait que chez elle c'est plutôt strict, que son père est un peu à l'ancienne, surtout question amoureux et tout ça. Comme il arpente les rues de Barbès depuis qu'il est né il connait bien la culture maghrébine et il préfèrerait attendre avant d'être présenté à la famille. Même s'il est raide dingue d'elle il flippe de s'engager, c'est encore trop tôt, rien que du normal pour un ado. D'autant plus que leur fonctionnement actuel lui va bien, l'excuse du Mc Do leur ouvre quelques fenêtres de tir, il suffit qu'elle dise qu'elle a un remplacement pour qu'ils passent la soirée ensemble, dans sa chambre de bonne justement. L'expression fenêtre de tir est appropriée car ils ont déjà fait l'amour, c'est elle qui l'a décidé, elle lui a dit : « je fais ce que je veux avec mon corps », et rien que pour ça elle l'impressionne.
— Pas dans ma chambre de bonne ! Je veux qu'on ait un vrai appart'.
— Si tu reprends du taf on peut s'en trouver un.
— Avec la boxe c'est chaud. En vrai faudrait que je m'entraîne encore plus si je veux être pro.
— T'es sûr que c'est ça que tu veux ? Être pro ?
— Y'a un combat samedi, le gagnant prend 500 ! 500 "E" ! la soirée !
— C'est vrai que c'est mieux qu'à Mc Do. Tu le fais ?

— Ben... Le coach a pas encore décidé.

— Je suis sûre qu'il va te choisir.

Elle l'embrasse.

— Tu passes me chercher après le taf ?

Tyson hésite. Elle est vraiment très jolie. Elle est même plus que très jolie, elle est hyper canon. Son regard est tellement pétillant et déterminé qu'elle l'attrape avec, il voudrait s'installer dans ses yeux ad vitam. C'est bien son problème en ce moment, Djamila occupe quatre-vingt pour cent de ses pensées et sa boxe en pâtit.

— Faut que je dorme tôt ! Je vais aller à la salle demain matin pour montrer au coach que je suis motivé.

— Il le voit pas que t'es déter ce connard ?

Elle l'embrasse sur la bouche, trop rapidement à son goût, et file vers l'entrée du personnel. Il la regarde s'éloigner.

— Djam' !

Elle se retourne.

— Je passe te chercher tout à l'heure !

Elle entre dans le resto tout sourire.

Comme toujours lorsqu'un véhicule de pompiers bloque une rue, les curieux s'agglutinent. Et si le bruit se répand qu'un truc grave est arrivé, ou mieux qu'il y a un mort, aucun d'entre eux n'oublie son téléphone portable, ils pourront peut-être vendre une vidéo à une chaine d'infos en continu, il paraît qu'ils payent bien, faire fortune peut parfois paraître si simple. Ce soir ils sont nombreux et il n'y a aucune caméra de télé devant le 10 rue Myrha, une aubaine, ce n'est peut-être pas si grave que ça, ou Barbès pas assez sexy pour un JT.

Pourtant c'est bien un cadavre qui se trouve dans la housse en plastique, sur le brancard porté par les pompiers. Alors tous les téléphones s'allument. Santa regarde passer le cortège macabre et, comme à chaque fois qu'il voit un corps se faire évacuer, l'idée lui vient que cette housse n'est en fait qu'un sac poubelle dans lequel on aurait jeté des chairs, devenues elles-mêmes l'emballage inutile d'une âme qui viendrait d'être consommée par la société. Mais jamais cette image ne lui avait été aussi insupportable, parce que c'est elle. Il dissimule ses émotions en baissant la tête car un flic de la criminelle est à côté de lui, une femme, mûre, elle a des poches sous les yeux et les cheveux en bataille, on a dû la réveiller. Tous les deux seront immortalisés sur ces vidéos inutiles, pas forcément à leur avantage, surtout elle. Elle donne l'ordre à un flic en uniforme de faire dégager les curieux et enchaine.

— C'est toi qui es arrivé le premier ?

— On était à trois minutes d'ici quand y'a eu l'appel.

— Le concierge dit que c'était une call. "Nevada", c'est pas courant comme prénom. Tu la connais ?

Santa ne peut pas lui dire la vérité, même s'il lui aurait volontiers répété l'histoire qu'elle lui avait racontée avec tendresse. Celle de cet immigré marocain qui s'acheta son premier ticket de cinéma en 1966, et grâce auquel il découvrit avec émerveillement les grands espaces de l'ouest américain, le charisme de Steve Mac Queen, et Max disant à Fitch : « Tu es trop dégueulasse pour qu'on te tue », avant de s'éloigner tranquillement sur son cheval. De quoi faire rêver un ouvrier de Billancourt, au point qu'il décide d'appeler son fils Nevada, mais ça avait été une fille. Elle avait grandi avec l'affiche du film placardée sur le mur du salon à côté du portrait du roi Hassan II, le rêve américain à la marocaine.

En attendant Simon s'approche, la flic ne le connait pas alors elle le dévisage, ce qui évite à Santa de répondre, c'est la première fois qu'il le trouve vraiment utile.

— C'est qui ?

— Simon Winkler, je remplace Jeannot.

Il lui tend la main mais elle ne le calcule pas et continue de s'adresser à Santa.

— Qu'est-ce qu'il a Jeannot ?

— La retraite.

Alors elle lui serre la main, mollement. Pas facile de remplacer Jeannot, ni de pénétrer le cercle fermé de ces flics qui bossent sur le quartier depuis au moins vingt ans, dont elle fait apparemment partie. Elle se fend quand même d'un "Bienvenue à Barbès", avant de reprendre avec Santa.

— Si t'apprends quelque chose tu me fais signe.

Le hochement de tête qu'il lui adresse doit vouloir dire oui, elle a l'air de s'en contenter et rentre dans l'immeuble.

Simon se demande comment on peut être un bon flic en parlant aussi peu qu'eux, à moins d'enquêter sur des sourds-muets, et aussi que sa partie ne va pas être facile. Première chose à faire, gagner la confiance de Santa, en lui montrant qu'il est sur le coup, qu'il a envie de l'aider pour Nevada.

— Y'a une deuxième chambre occupée dans l'appart'. Une autre gonzesse apparemment, j'ai trouvé ça là-haut.

Il sort de sa poche une carte de visite rose au nom d'Iman, relations publiques, trop vague pour être crédible d'après lui. Santa regarde la carte sans la prendre, puis part vers la voiture. Simon tente de lui emboîter le pas, ce qui l'oblige à slalomer au milieu des curieux qui s'embrouillent avec le flic qui essaye de les virer.

— Tu veux pas m'en dire plus ?

— Un autre jour.

— Tes cachets c'est pour quoi ?

Santa s'arrête net et lui tend les clés de la Peugeot.

— Ramène la caisse au dépôt, je rentre à pied.

Il s'éloigne, en fouillant sa poche, sortant son téléphone, composant un numéro, puis se collant l'appareil à l'oreille. Simon reste planté là, Santa commence sérieusement à l'emmerder. Il se fait bousculer par un badaud et c'est pas le moment.

— On t'a dit de dégager toi, t'as pas compris !

MODERN HOTEL

La chambre cinquante-quatre est toute petite, dix mètres carrés maxi, à trente neuf euros la nuit, faut pas non plus s'attendre à un palace. L'avantage c'est que si les filles font assez de clients le prix de la chambre devient totalement négligeable.

Niveau déco c'est pas le musée de l'érotisme, ici pas de grand miroir au plafond ni de tentures en velours rouge aux murs. Un lit de cent quarante, une petite armoire et un lavabo, point barre.

Iman est assise sur le lit, à poil du bas, pas du haut, le client était prévenu mais vu la taille des seins il regrette déjà de ne pas y avoir accès. Un petit miroir est collé sur la porte de l'armoire, devant lequel elle s'attache les cheveux, comme avant chaque passe. Elle sait bien quc les clients trouvent ça moins sexy, mais elle déteste quand ils lui passent la main dans les cheveux. Ça lui est même arrivé que certains partent avant que ça commence, problème de rapport qualité/prix, ils disent que sans les seins ni les cheveux c'est que de la mécanique. Elle s'en fout, dans cette chambre c'est elle qui commande.

Son téléphone sonne, elle voit que c'est Santa, décroche, “ouais”, puis elle écoute. Ça dure une éternité parce que c'est pas si facile d'annoncer que Nevada vient de se faire saigner.

— Je peux être là dans une demi-heure, ça va ?

Un cul d'homme, nu, entre dans le champ, elle l'avait presque zappé lui.

— Qu'est-ce qui se passe ?

— Je dois y aller.

— Hè, j'ai payé pour une heure moi !

Elle prend les cent euros posés sur la table de nuit, garde un billet de vingt et lui tend le reste, quatre-vingt le calcul est simple, accompagné d'un sourire méprisant.

— Faut que j'aille aux flics, tu veux venir avec moi ?

Le client reprend sa thune.

— Pourquoi tu gardes vingt on a rien fait ?

— Voir mon cul, c'est pas gratuit.

Elle se lève et ouvre la toute petite armoire. Une tenue de rechange et un stock de paquets de coton, son minimum syndical. Elle attrape un chemisier. Elle a les larmes aux yeux.

MOUSS

Mouss est Sénégalais, un mètre quatre-vingt-cinq, cent-vingt kilos. Comme souvent chez les obèses il a le visage poupon, joufflu, la peau douce et bien tendue.

Il entre dans un resto grec, ou un kebab, difficile de faire la différence de nos jours, preuve que toutes les cultures sont solubles dans les grandes villes. Alors disons un restaurant spécialisé dans la nourriture d'urgence ou, pour être plus précis encore, un couloir de deux mètres cinquante de large où on déguste essentiellement des sandwichs au mouton et des frites à l'huile. Il n'y a pas foule, c'est un euphémisme, Oualid est seul à la table du fond, plus le "cuisinier", que Mouss salue avant de s'assoir face à Oualid.

— Ça va gros ?

— Bien ou quoi ?

Ils se checkent, poing sur le cœur, signe qui pourrait faire penser qu'une amitié indéfectible les unit, mais non, ils se connaissent seulement parce qu'ils sont dans la même branche.

— Faut que je te parle d'un truc Mouss.

— Sinon tu m'aurais pas demandé de venir.

Mouss c'est un calme, et c'est le bon sens incarné, un instinctif, un esprit d'analyse inné, c'est pas à l'école qu'il l'a acquis, elle s'est arrêtée trop vite. Oualid a contrario est stressé, tendu comme un string, il donne l'impression de pouvoir péter un câble à tout moment. Mais pour l'instant c'est un air grave qu'il prend.

— Tu...

— Attends !

Mouss fait signe au "cuisinier".

— Hé ! Mets-moi un "Big Mayo" avec un Fanta s'te plaît !

Il revient à Oualid.

— Je t'écoute frère.

— Tu veux prendre le biz à ma place ?

Un frisson parcourt sa colonne vertébrale, si Oualid le soupçonne de vouloir lui piquer le business ça va pas tarder à partir en sucette. Il n'a pas d'arme sur lui, et le "Big Mayo" est servi avec des couverts en plastique. Gagner du temps, c'est la première chose à faire, lui faire cracher le nom du mec qui lui a raconté ces conneries. Mouss a toujours été réglo. Il officie sur La Chapelle et ça lui va bien, ses revenus sont confortables et sa solide réputation lui permet d'éviter les conflits. Jamais il ne tenterait de piquer Barbès à Oualid. Pas facile de faire passer tout ça en une phrase, quoique.

— Arrête gros, je suis pas com'aç, tu me connais.

— T'es con ou quoi ! Je sais. Non c'est moi qui te propose.

— Hein ?

Mouss est dans le même état qu'à la fin d'un tour de grand huit, mais il reste calme et Oualid ne s'aperçoit de rien.

— Je vais devoir bouger au Bled de plus en plus, il me faut quelqu'un de sérieux pour la came.

— Pas de problème frère.

— La seule condition c'est que tu files la moitié de la maille que tu fais à Hamid, il doit s'occuper de notre daronne, et en échange il te gère les chouffes* .

Check et poing sur le cœur. Le "Big Mayo" arrive, c'est vite préparé.

— Je vais te dire qui c'est la nourrice*, mais tu seras le seul à le savoir. Si ça part en couilles je saurai d'où ça vient.

— Pas la peine de me menacer frère, si t'avais pas confiance tu m'en parlerais pas. Wallah.

— Pas faux.

Le téléphone de Oualid sonne, il décroche. Du coup Mouss aussi sort le sien, histoire de vérifier qu'il n'a pas raté une vidéo essentielle sur Tik Tok. Oualid devient blême et il raccroche.

— C'est Nevada !

L'autre ne relève même pas la tête, totalement absorbé par son smartphone.

— Mortel ! J'aurais jamais pensé à elle comme nourrice, avec son prénom chelou là, c'est comme si une américaine elle s'appellerait "Neuftrois".

---

* Enfants guetteurs.

* Personne qui garde le stock de drogue.

— Elle s'est fait buter !
Là, Mouss relève la tête.
— Hein ?
— Nevada elle s'est fait buter ! Chez elle !
— Ta came frère ! Faut récupérer ta came !

Le bon sens incarné !

TRAPPE

Devant le 10 les gyrophares sont éteints et les curieux beaucoup moins nombreux depuis que le corps a été évacué. Santa attend Iman, assis sur le capot d'une voiture. La nuit est plus fraiche que prévue, les deux Dexédrine qu'il a avalées lui évitent de regretter son manteau gris.

Un gardien de la paix est posté devant l'entrée de l'immeuble. Santa se dit que le gars doit trouver le temps long parce que personne n'essaye d'entrer, donc que la paix ne va sûrement pas être très dure à garder cette nuit, et que sans amphètes il doit se les geler. Il se dit aussi, au passage, que "gardien de la paix" c'est vraiment un titre à la con, parce que la paix on ferait mieux de la partager plutôt que de la garder.

À quoi peut bien penser cet homme pendant qu'il ne sert à rien ? Qu'il préfèrerait être gardien de quelque chose de plus valorisant qu'une porte, de la galaxie par exemple, ou bien de manière plus terre à terre qu'il doit encore attendre six heures avant la fin de son service, pour pouvoir enfin rentrer chez lui et retrouver sa femme, la croiser plutôt, parce qu'elle, elle bosse de jour. C'est ça ! Il doit se dire qu'en plus de la nuit de merde qu'il est en train de passer, il va encore devoir se la mettre derrière l'oreille en rentrant. Un homme au service de la nation.

— Santa !

Iman l'appelle du haut de la rue, elle s'est changée et ressemble à une jolie jeune femme comme une autre. Quand elle l'a aperçu elle s'est sentie soulagée, affronter ça avec lui sera tellement plus simple. Il lève son cul du capot et elle court se blottir dans ses bras, alors il parle doucement.

— Ça va ?

— C'est toi surtout. Qu'est-ce qui s'est passé ?

— On sait pas. Y'a zéro témoin. La crim' va te demander où t'étais.

— Je bossais.

— T'as un client qui peut témoigner ?

— T'es con ! Mais y'a Amobé, à la réception, il m'a vue passer plein de fois.

— Tu vas dormir où ?

— Je sais pas... Je peux essayer de garder la chambre au Modern, mais j'ai même pas une culotte de rechange.

— Je t'emmène.

Il passe son bras autour de ses épaules et la fait entrer dans l'immeuble. Dans le hall il chuchote, au cas où le gardien de la paix soit sorti de sa léthargie, ou de ses pensées lubriques.

— Personne doit savoir pour Nevada et moi.

— Tu me prends pour une truffe ou quoi ?

Santa lui sourit.

Ils gravissent les cinq étages et entrent dans le long couloir de l'appartement. La flic est à l'autre bout, Santa l'appelle.

— Carole ! C'est la colocataire, elle vient d'arriver.

— Comment vous vous appelez ?

Elle répond en lui tendant la main, fine.

— Iman.

La flic la lui serre délicatement, en signe de compassion, en restant quand même attentive à sa réaction, conscience professionnelle.

— J'imagine que vous êtes au courant.

Iman acquiesce d'un hochement de tête.

— On va mettre l'appartement sous scellés, vous savez où dormir ?

— Oui... Faut juste que je prenne des habits.

— Bien sûr. Je vous accompagne.

Les deux femmes marchent vers le fond du couloir. Carole essaye de faire écran en passant devant la porte du salon.

— Regardez pas on a pas encore nettoyé.

Santa se retrouve seul. Même s'il connait la scène de crime, il ne peut pas s'empêcher d'aller y jeter un œil, comme pour vérifier une dernière fois que tout ça est bien réel. Deux techniciens de la police scientifique font des relevés. Sans le corps, la grande tache de sang donne un côté "œuvre d'art abstrait" au Sönderöd Ikea. Il fait demi-tour pour que personne n'aperçoive sa montée de larmes, il serre les dents.

Qu'est-ce qui s'est passé ? Aucun rendez-vous n'était noté dans son agenda pour ce soir, pas de client officiel donc, elle a dû rentrer assez tôt, pas de traces d'effraction, qui a-t-elle pu croiser ? Il patauge et la crim' ne fera pas mieux, l'affaire sera vite classée. Sauf que lui, il va le trouver cet enculé.

Iman entre dans sa chambre et s'assoit sur son lit, elle est troublée, c'est normal. Carole s'est arrêtée sur le pas de la porte, un calepin à la main, vieille école.

— Vous m'avez dit comment pour le réceptionniste du Modern'Hotel déjà ?

— Amobé. A.M.O.B.É. Je crois.

— On va vérifier. Vous allez être convoquée chez nous. En attendant vous avez interdiction de quitter le territoire.

— Barbès ou la France ?

La flic sourit.

— Prenez vos affaires.

Iman se lève, sort un sac de sport du placard et commence à y mettre quelques dessous. Elle s'interrompt parce que Carole s'approche et se met à inspecter le contenu du placard, c'est pas parce qu'Iman paraît choquée qu'elle en oublie de faire son métier. Des fringues bien sûr et un stock de coton, dix paquets au moins. Même elle, qui se considère comme une femme normale, n'en a jamais plus de deux en stock dans son armoire, alors elle en prend un et l'inspecte. C'est du coton, normal, elle le repose et sort. Iman entasse alors rapidement quelques fringues dans le sac puis s'arrête, tend l'oreille, les pas de Carole s'éloignent.

Elle entre le plus silencieusement possible dans la salle de bains attenante à sa chambre, sa pulsation cardiaque passe en mode "Hard Bop". Elle verrouille la porte, s'agenouille devant la baignoire, fait basculer la trappe d'accès à la plomberie, y enfonce le bras. Du bout des doigts elle attrape le sac plastique. Faire le plus vite possible, mais surtout sans paniquer ! Elle vide délicatement la moitié du sac sur le carrelage, plein de sachets bleus, cinquante grammes de poudre chacun pour un œil averti, ce qui n'est pas son cas. Elle remet le sac à moitié plein sous la baignoire, referme la trappe, écoute, pas de bruit, elle y est presque, son pouls redescend un peu.

Au même moment, Carole caresse du bout des doigts les tranches des disques vinyles qui remplissent les étagères de l'entrée, en tire quelques-uns, puis les remet en place. Quasi exclusivement du Jazz, elle n'y connait rien mais certains noms la mettent sur la voie, Miles, Parker, Coltrane ou Baker.

Santa la regarde faire, l'appartement va être fouillé, pourvu que rien ne traine qui puisse la relier à lui. Il a pris le temps d'en faire le tour tout à l'heure, sans se laisser déconcentrer par les questions de Simon. C'est un flic aguerri et il connait l'appartement par cœur, il n'a rien oublié. De toute façon il connait bien Carole, si son nom apparaît il le saura. Ce qui ne l'empêche pas de mettre une petite piqûre de rappel.

— Tu me tiendras au courant si vous avancez ?

— Pourquoi je ferais ça ?

— Parce que ça marche dans les deux sens. Si je trouve quelque chose du côté des "call" je te le dirai aussi.

Carole regarde les photos poinçonnées au mur.

— Il en manque une là.

C'est celle qui est dans la poche de Santa, celle où ils sont tous les deux à Marrakech.

— Elle était vraiment belle cette fille, elle avait l'air douce, c'est triste.

Aïe, Santa reprend un coup de poignard, il est incapable de parler.

— C'est bizarre pour une pute d'être fan de jazz, non ?

— "La vie c'est comme le jazz, faut tout le temps improviser", c'est elle qui disait ça.

C'est Iman qui vient de prononcer cette phrase, elle est debout au milieu du couloir, son sac de sport à la main.

— Je peux voir votre sac ?

Iman ne bouge pas, alors Carole lui prend fermement des mains et le fouille. Des fringues et une trousse de toilette, qu'elle fouille aussi, rien.

— Allez-y, on vous appellera.

Santa saute sur l'occasion.

— Je la raccompagne.

Santa ramasse le sac et ils s'éloignent.

L'appartement est grand, le couloir est long, Carole les regarde s'éloigner en pensant que Nevada devait quand même bien gagner sa vie, mieux qu'elle en tout cas, et que si elle avait le même cul que cette fille, elle ne serait sûrement plus célibataire. Instinctivement elle retourne dans la chambre d'Iman, ne remarque rien, ressort, pousse la porte de la salle de bain, rien non plus, sauf la petite poubelle qui déborde de coton. Ça la chiffonne mais quel lien ça peut avoir avec le meurtre ? Sûrement aucun.

Dehors Santa et Iman traversent le groupe des derniers curieux et disparaissent, observés par le petit Hamid et deux de ses potes, qui se sont postés sur le trottoir d'en face il y a déjà une bonne demi-heure. Hamid sort son téléphone.

— Ouais Oualid ! Putain y'a les keufs partout rue Myrha ! Tu veux que je fasse quoi ?

— *Monte un chouffe là-bas et dès que les keufs ils dégagent tu m'appelles.*

— Va me falloir de la thune ma gueule, c'est quatre personnes minimum pour faire un 24/24 ici.

— *Pas de blème t'inquiète. Tu mets des petits hein, toi tu fais pas le chouffe, je veux que tu restes avec Yemma.*

— T'inquiète je gère.

Hamid raccroche.

— Hé ! Les gros ! Je vous montre ce que j'ai eu pour mon anniv' ?

— Un vrai Vuitton ?

Hamid relève discrètement son tee-shirt, la crosse du 7,65 dépasse de sa ceinture.

— Wesh frère vas-y fais voir !

— Vas-y laisse-le moi prendre, la vie de ma mère !

Hamid le sort discrètement, mais l'un des mômes lui arrache des mains et prend une posture menaçante, joue les gangsters de cinéma, moyennant une légère adaptation des dialogues.

— C'est à oim que tu t'exprimes fils de pute ? Hein ? C'est à oim que tu t'exprimes ?

Hamid a une montée d'adrénaline.

— Arrête de délirer ! Wallah ! Il est chargé putain ! Y'a les keufs partout t'es teubé ou quoi ! Donne-moi ça !

Dommage que le flic qui garde la porte n'ait rien vu, ça aurait donné un sens à sa nuit, mais tant mieux pour Hamid qui récupère son flingue et le planque sous son tee-shirt. Les mômes reprennent calmement la surveillance et voient arriver un rouquin, tronche de boxeur, sac de sport en bandoulière. Il se présente au gardien de la porte, qui le laisse entrer.

Tyson va directement à la loge, Patrick est assis à la table de la salle à manger. Devant lui la télé, dedans le présentateur du JT, et entre eux, le Pastis et le cendrier.

— Salut ‘pa.

Il pose son sac et l’embrasse sur la tempe.

— Ça va mon fils ?

— Le flic a pas voulu me dire. C’est quoi ce merdier dans l’immeuble ?

— C’est Nevada.

— Quoi Nevada ?

Patrick finit son verre et allume une Gitane.

— Elle s’est fait buter.

— Hein ?

Tyson ressent à peu près le même effet que celui produit par les uppercuts de Mohamed tout à l’heure.

— Mais, ..., par qui ?

— Ils savent pas, personne sait.

— C’est quoi ce délire ! Et Iman elle était là ?

— Non.

Patrick se ressert un Pastis, son verre ne reste jamais vide longtemps, pas tant qu’il n’en puisse plus, pas tant que son cerveau soit encore en état de marche. Du doigt il désigne son arcade sourcilière.

— Dis-donc t’en a pris plein la gueule à l’entraînement ! C’était contre Mohamed ?

— Ouais.

— J’ai l’impression qu’il te passe devant l’africain non ?

— C'est facile pour lui ! Il va plus au bahut et chez les pompiers il fait du sport tout le temps.

— On m'a dit que y'a une grosse soirée au hammam samedi prochain, j'espère que tu vas combattre.

C'est la deuxième fois ce soir qu'il est obligé de mentir à propos de ce combat, il déteste ça. Mentir à Djamila lui a déjà beaucoup coûté, et là impossible de dire à son père qu'il n'a pas été choisi, à moins de kiffer la guerre atomique.

— Le coach a pas encore choisi.

— T'as intérêt à être pris sinon je lui pète la gueule. Tu mérites putain !

Tyson observe son père, il n'a pas encore l'air d'être totalement bourré. C'est à la mort de Bella qu'il s'est mis à boire. Tyson ne l'a jamais connu autrement parce que Bella est morte en le mettant au monde. Son père l'a abreuvé d'anecdotes de boxe, il paraît même qu'il allait devenir entraîneur quand c'est arrivé. Au début il a boxé pour lui faire plaisir, maintenant c'est devenu sa passion, c'est sûrement la génétique, le sang.

— J'en reviens pas pour Nevada.

Patrick ne réagit pas, il a le regard fixe, focalisé sur celui du présentateur du JT alors qu'un meurtre a eu lieu dans son immeuble. Tyson lui, est sous le choc.

— C'est tout ce que ça te fait ?

— Tu ferais mieux de penser à la boxe, Nevada c'est juste une bougnoule en moins dans le quartier !

— Arrête de boire, ça te fait dire de la merde ! En plus de te donner des AVC.

— Je crèverai pas avant de t'avoir vu sur un ring avec une ceinture en or.

C'est tout le problème avec son père, il ressent pour lui un mélange d'affection et de dégoût, pas facile à vivre.

— Je monte.

— Bonne nuit fiston.

Il ramasse son sac et sort.

SIMON

Simon a déposé la Peugeot au dépôt. Le gars qui tient les registres s'est étonné du fait qu'il la rende si tôt et s'est mis à poser des questions insignifiantes. Simon a vite compris qu'il avait juste envie de parler et l'a ignoré, comme l'aurait fait Santa. Un comportement qui ne fonctionne pas si mal au fond, et qu'il risque d'adopter plus souvent. Pour contourner un problème il suffit de prendre l'air blasé ou de mauvaise humeur ou encore mieux les deux, et neuf fois sur dix la personne n'insiste pas pour obtenir sa réponse. Ça marche très bien pour les petites nuisances du quotidien, celles qui, empilées dans une journée polluent la vie, pour tous ces moments où les autres deviennent envahissants, où ils insistent pour vous expliquer leurs problèmes. Une phrase résonne dans sa tête, "*L'autre c'est moi*", le titre d'un spectacle dont il a oublié l'auteur, Non. L'autre c'est l'autre, ses problèmes il se les garde, c'est comme ça dans la vraie vie.

Et son problème à lui c'est Santa, une saloperie de porte de prison, en deux semaines il a dû lui dire cent-cinquante mots. Si Nevada n'était pas morte il aurait mis six mois à découvrir qu'il avait une maitresse. Parce que Santa est marié, avec Mathilde, une instit du quatre-vingt-treize, il l'a lu dans son dossier.

Il monte dans sa voiture perso, garée dans la cour du dépôt, enfonce ses écouteurs bluetooth dans ses oreilles et démarre. Il compose un numéro. Pendant que ça sonne il franchit la grille, il va bien, dans quelques secondes il va pouvoir briller, son interlocuteur décroche.

— Ouais c'est moi !

— *Ça te plait Barbès ?*

— Arrête t'es chiant ! Écoute-moi ! Je sais pas si Santa fait bosser des filles mais il prend des amphètes, il dort presque pas et il a une double vie.

Simon aussi a une double vie, mais professionnelle pas personnelle. Il bosse pour l'IGPN, l'Inspection Générale de la Police Nationale, il enquête sur Santa parce que le bruit a couru que des filles travaillaient pour lui. D'habitude les bruits de couloir ne suffisent pas à déclencher une enquête, mais le départ à la retraite de Jeannot a fait le larron et Simon était le candidat idéal. Fraîchement diplômé de l'école de police il est totalement inconnu des vieux briscards comme Santa, qui ont déjà croisé chaque flic de l'IGPN au moins une fois dans leur vie. En plus ses supérieurs ont vu là l'occasion de lui faire faire du terrain, il en mourait d'envie, et l'enquête ne devrait déboucher sur rien parce que l'info doit certainement provenir d'un jaloux qui attend qu'un poste se libère pour avoir une promotion, ou d'une jalouse, une nana du bureau qui voulait se taper Santa mais qui n'y est jamais arrivée, et qui finalement est avec l'autre, celui qui veut sa promotion, une banalité crasse en somme. En résumé, une séance d'entraînement pour Simon, qui ne le sait pas.

— *La double vie on savait pas.*

— Nevada, ça te dit quelque chose ?

— *Ça me parle, j'ai déjà entendu ce nom à la con.*

— C'est sa gonzesse. Enfin "c'était" parce qu'elle vient de se faire égorger.

— *Hein ?*

— Tu l'aurais vu, il s'est pris un tsunami dans la tronche.

— *Si ! Je me rappelle ! Nevada, c'est une gonzesse qui avait été interrogée au tout début dans l'affaire Salpieri, on avait retrouvé son ADN sur sa queue.*

C'est chic. Le flic a été retrouvé mort entre deux poubelles avec au moins une balle dans la tête.

— Putain ! T'imagines qu'il ait quelque chose à voir avec ce meurtre !

— *T'enflamme pas, Santa c'est pas un lapin de six semaines.*

— Je le sens qu'il est "border", je vais le faire sauter. C'est con à cinq ans de la retraite.

Ça y est, il est tout excité. Il sait que la partie va être serrée, que Santa ne va sûrement pas être facile à faire parler, mais il a une idée, un autre point d’entrée. Il sort la carte de visite d'Iman.

— Tu peux me faire localiser un portable ?

SOUTIF

Au Modern, dans la cinquante-quatre, Iman sort deux paquets de coton de l'armoire et les vide sur le lit. Elle plonge la main dans son soutien-gorge, deux paquets bleus, puis quatre... Quinze par bonnet. En réalité elle est totalement plate !

Elle se demande combien peuvent peser les trente sachets, les soupèse et se dit que pour remplir du quatre-vingt-dix E il doit bien y en avoir pour un kilo, un kilo cinq.

C'est la première fois qu'elle se sert de son soutif comme cachette et ça a bien marché. Si l'occasion se présente elle fera un deuxième voyage, puisqu'il en reste encore autant sous la baignoire. Elle ne sait pas vraiment combien peuvent se vendre deux ou trois kilos de poudre, mais sûrement de quoi se tirer d'ici.

Elle remplit les paquets de coton vides avec les sachets bleus, les fourre dans un sac plastique blanc, et rajoute trois fringues par-dessus pour faire la blague. Il ne lui reste plus qu'à trouver où planquer ça.

AMITIÉ

Tyson est assis sur son lit, qui occupe à lui seul un tiers des sept mètres carrés de la chambre de bonne. Elle est située sous les toits du 10, rue Myrha, au septième, la dernière porte à droite au bout du couloir. Il y vit depuis deux ans, depuis que la cohabitation avec son père est devenue trop insupportable pour continuer à faire semblant, d'ailleurs c'est Patrick lui-même qui lui a proposé la piaule, lui aussi devait commencer à saturer. Il va devoir y rester jusqu'à la fin de son BEP de boulangerie, seule filière où il restait de la place, et où on a bien voulu de lui. Il ne sait pas vraiment pourquoi il continue ce truc, sûrement pour rassurer son père, mais ce dont il est sûr, c'est qu'il ne sera jamais boulanger, même pas en rêve. Lui, sa vie c'est le Bare-Knuckle.

Mais à cet instant c'est le meurtre de Nevada qui lui taraude le cerveau. Il sait ce qu'elle faisait, les clients tout ça, mais de là à se faire saigner. Depuis le temps qu'elle faisait ça elle avait une clientèle d'habitués, et les mecs qu'il voyait parfois entrer chez elle étaient plutôt classe, pas des clients à deux balles, des mecs prêts à mettre le prix pour avoir un service haut de gamme, pas des gueules d'assassins. Iman c'est différent, elle, elle fait dans le dur.

Quand elle est arrivée chez Nevada on aurait dit une clocharde, une de ces ados qui arpentent les rues de Barbès en bande, qui squattent les laveries automatiques pour fumer des joints quand il fait trop froid. Nevada l'a sortie de là mais il n'a jamais compris pourquoi elle ne l'a jamais fait bosser avec elle. Elle ne voulait peut-être pas tout mélanger, ou bien c'est Iman qui préfère le trottoir, il n'a jamais osé lui demander. En tous les cas ils sont devenus potes tous les deux, à force de se croiser dans l'immeuble. Il se la serait bien faite au début, mais quand il a compris qu'elle se prostituait, ça l'a refroidi. Ça le faisait un peu fantasmer, il doit l'avouer, mais il n'a jamais réussi à se mettre à l'aise avec ça, il a un côté fleur bleue. Et depuis qu'il a rencontré Djamila c'est même plus un sujet.

Il se demande où elle va dormir maintenant, elle ne pourra jamais payer le loyer de Nevada, l'appart' est le plus grand de l'immeuble.

Il sort son tel et lui envoie un sms: "apel si ta besoin". Trois secondes plus tard son téléphone sonne.

— T'es où ?

— *Au Modern, un hôtel à Clichy.*

— C'est horrible pour Nevada.

— *Ouais, c'est horrible. Faut que je te parle d'un truc, on peut se croiser demain ?*

— Tu sais quelque chose pour Nevada ?

— *Hein ? Ben non, qu'est-ce que tu me fais !*

— Ben je sais pas t'es bizarre.

— *À quelle heure demain ?*

— J'ai muscu de six à huit, après je suis en cours jusqu'à quatorze, après j'ai entraînement jusqu'à dix-huit.

— *Accouche putain !*

— Dix-huit heures trente au gymnase c'est bon ?

— *Ouais c'est bon.*

Elle raccroche.

Iman aussi aime bien Tyson. La première fois qu'elle l'a croisé dans le hall il venait de perdre une dent. Elle a cru qu'il s'était fait renverser par une bagnole avec son arcade ouverte et sa dent en moins. Il lui a expliqué qu'il faisait du Bare-Knuckle et ce que c'était, et que ce jour-là il avait oublié son protège dents. Il n'avait pas osé le dire à son entraîneur, qui n'a pas l'air d'être un tendre, alors il avait encaissé sans broncher, et sacrifié une dent au passage. Elle s'est marrée et ils ont tout de suite accroché. Du coup elle lui a avancé l'argent pour se faire poser une fausse dent, par amitié.

Elle s'installe devant la petite glace de l'armoire, assise sur le lit, et bourre son soutien-gorge de coton. Elle vérifie le résultat, invisible, personne n'a jamais grillé ses faux seins. Elle sourit, elle se trouve belle et ça lui a fait plaisir que Tyson l'ait appelée.

STRATÉGIE

Oualid effectue son petit tirage de rideaux, c'est signe qu'il est tendu. Mouss lui, est vautré dans le canapé, il digère tranquillement son "Big Mayo" en scrollant sur You Tube à la recherche d'une vidéo qui pourrait détendre l'atmosphère. L'autre le rejoint et s'assoit en face de lui, il y a deux canapés, comme chez tous les vrais dealers de séries américaines, obligé !

Mouss abandonne finalement l'idée de le distraire, s'il veut récupérer son business il ferait mieux de l'aider à trouver une solution.

— Tu sais elle est où ta came chez Nevada ?

— Non.

— Faut fouiller tout l'appart' alors.

— Déjà faut arriver à entrer en scred gros, y'a les keufs partout là-bas.

— Ça va nous prendre des plombes à trouver le matos si elle l'a bien planqué !

— Putain tu peux pas dire un truc qui fait avancer ?

Mouss encaisse, il a de la ressource, et il est opportuniste. Il a eu un vrai coup de cul, c'est sûr, d'avoir été là au moment où Oualid a appris que sa nourrice s'était faite buter. La providence lui donne l'occasion de se rendre indispensable, il doit en profiter.

En ce moment même il voit bien que Oualid est tout stressé, alors il se dit que c'est le bon moment pour lui montrer qu'il a des bonnes idées, qu'il est l'homme de la situation.

— Elle a une coloc', elle doit avoir la clé.

— Hein ? Elle a une coloc ?

— Ouais je crois. Je suis même sûr en vrai.

— Et pourquoi je le sais pas oim ?

— Parce-que tu traînes plus dans la rue frère.

— Quand je lui déposais la came y'avait jamais personne d'autre à l'appart.

— Ben normal, elle connaissait bien le biz.

— Et sa copine elle est au courant ?

— J'en sais rien du tout, c'est toi qui vient de me dire que la came elle était chez elle.

— C'est la merde.

C'est Oualid qui lui demande de dire des trucs qui font avancer et lui il dit que de la merde ! C'est un miracle que ce gars réussisse à dealer aussi gros à Barbès. Bref.

— T'inquiète, y'a pas de blème, les mômes ils te la retrouvent en deux-deux la coloc'.

— J'ai déjà monté le chouffe chez Nevada.

— Cool. Et pour ce que tu me parlais tout à l'heure ?

— Quoi ?

— Ben le biz, tout ça.

— Pour faire du biz faut de la came et il faut être vivant.

Mouss se demande s'il le prend pour une truffe ou quoi ?

— Et ben si on retrouve pas la came on aura aucun des deux ! La came elle est pas à oim frère !

— Ah bon ?

— Tu sais la thune qu'il faut pour acheter trois kilos de pure à quatre-ving-quinze points ?

— Ben ouais, attend. Les cent grammes je les touche à...

— Oublie on s'en tape. Mais ce qu'on se tape pas c'est que le mec qui m'avance la came c'est un gros vénère.

— Et si les keufs ils ont trouvé le matos chez Nevada ?

Oualid marque un temps d'arrêt.

— Tu sais ce qui me plaît avec oit ? C'est que tu réfléchis bien. Et si tu veux durer dans ce taf faut réfléchir.

Mouss se dit que Oualid aurait dû faire prof de philo plutôt que dealer.

— Alors si les keufs ils ont trouvé la came on fait quoi ?

— Ben on est grave dans la daube.

— Surtout toi.

Tout ça pour ça.

AMOBÉ

Le Modern est un hôtel presque normal. Malgré son statut officiel d'hôtel de passe il n'est pas si glauque que ça, pas aussi sale ni délabré qu'on pourrait l'imaginer, en tout cas loin des clichés télévisuels. Les allées et venues des filles font qu'on y croise toujours quelqu'un et qu'on s'y sent toujours en sécurité. Le turnover chez les prostituées est important mais ici il y a un noyau dur, au moins depuis qu'Iman est arrivée. En faisant un petit effort et en fermant bien les yeux, elle pourrait presque avoir la sensation d'aller au bureau retrouver les collègues.

Le pilier de l'établissement s'appelle Amobé. Il passe ses journées derrière le comptoir de la réception, d'où son ventre un peu proéminent, derrière lequel il a vu défiler toutes les générations de putes depuis l'ouverture, c'est normal il a été le premier employé de l'hôtel.

Impossible de déterminer ses origines, ses cheveux sont gris et sa peau est foncée, un peu, on pourrait lui trouver des traits hindous, ou africains, et aussi européens. En fait, il est le métisse ultime, celui auquel nous ressemblerons tous dans deux mille ans, la matrice de l'homme du futur. Il aurait pu intéresser la science, mais il y a peu chance qu'elle vienne le dénicher ici. Même lui ne connait pas ses origines, il connait seulement sa date et son lieu de naissance, le 21 Juin 1966 à Suresnes dans les Hauts de Seine.

Il n'est pas né sous X, il a été abandonné. Quelqu'un l'a trouvé dans la rue et l'a ramené à l'hôpital, mais il a refusé de donner sa carte d'identité de peur d'hériter du gamin. Donc il n'est pas vraiment sûr de sa date de naissance mais ce jour-là est devenu le premier jour de son existence administrative. Au moment où on l'a posé dans un berceau en plastique transparent de la maternité un aide-soignant passait par là, un grand noir armoire à glace, et le bébé lui a souri. Il s'appelait Amobé.

Si on l'avait découvert voguant sur une rivière dans un panier d'osier on aurait pu faire un parallèle avec une célèbre histoire puisqu'il a fini par racheter l'hôtel, c'est moins sexy que sauveur du peuple Hébreu mais c'est quand même une success story. De toute façon, lui, on l'a trouvé par terre entre deux poubelles, il ne risquait pas de voguer.

Il aurait dû mourir le jour de sa naissance mais la vie a refusé, ça l'a rendu hédoniste et pragmatique, il se contente de vivre, de mettre un jour après l'autre, si possible sans prendre de risques inconsidérés.

Il voit Iman descendre l'escalier, elle est en tenue de travail et se dirige vers lui. Il a de l'affection pour cette gamine, il ne connait rien d'elle mais il se doute que leurs parcours doivent avoir des points communs. Elle pose un sac en plastique blanc sur son comptoir.

— Merci pour la piaule.

— C'est normal. Tu vas comment ?

— C'est la merde.

C'est carrément la merde. Nevada était sur le point de quitter Barbès, elle avait mis assez de côté pour aller s'installer à l'étranger, tirer un trait sur son passé et le trait s'est retrouvé autour de son cou. Elle avait proposé à Iman de venir avec elle, et elle avait dit oui tout de suite, conclusion retour à la case départ. Quand ça veut pas, ça veut pas !

— Pourquoi tu récupères pas sa clientèle à Nevada ? Elle faisait plein de thunes.

— Parce qu'il faut enlever le haut.

Elle pousse le sac vers lui.

— Tu peux me garder des fringues ? Y'a pas de place dans tes placards de nains.

Il pose le sac sous le comptoir mais elle réagit.

— Le laisse pas là j'y tiens !

C'est un peu lourd pour des fringues, juste un peu trop, mais ça ne le regarde pas. Il n'est pas du genre intrusif, il a toujours été réglo avec les filles qui le lui rendent bien. C'est aussi pour ça qu'il n'a jamais questionné Iman à propos de ses seins, et aussi parce qu'il est bien obligé d'admettre que ça ne l'empêche pas de bosser sérieusement, ni de payer sa chambre.

Avec Amobé, tant qu'il n'y a pas de problème... Pragmatisme.

Il se lève et dépose le sac dans le petit bureau attenant à la réception, là où se trouvent les classeurs avec la paperasse, l'officielle, celle qu'il présente en cas de contrôle. Au fond du bureau, une seconde porte donne sur des toilettes, ses chiottes perso, personne d'autre que lui n'a le droit de s'y assoir. Vu le nombre de culs qui passent ici ça serait trop risqué. Iman surveille, l'air de rien, le sac est sous le bureau d'Amobé, en cas d'urgence elle saura où le trouver, la planque est tellement simple qu'elle lui paraît sûre. Lui, se rassoit derrière son comptoir.

— Ça intéresse personne tes fringues.

— On sait jamais, un pauvre.

Elle sort, bosser, juste devant.

CARLOS

Oualid marche vite dans une rue quasi déserte, capuche relevée, tous les sens en alerte. Lorsqu'il monte dans la Clio garée en double file, c'est la énième fois qu'il vérifie que personne ne le suit ni ne l'observe. La radio de bord diffuse des messages de police. Il s'enfonce du plus qu'il peut dans son siège.

— Ça va ?

Le gars assis au volant s'appelle Carlos, cinquantaine, basané, des valises sous les yeux, décidément le travail de nuit doit ramollir la peau. Encore un qui connait Barbès comme sa poche, quinze ans qu'il est aux Stups du dix-huitième. Sa voix rocailleuse est celle d'un fumeur invétéré.

— Je t'avais dit jamais sur mon portable.

— C'est une urgence.

Carlos démarre.

— Vas-y, annonce la couleur.

— Ma nourrice s'est fait égorger, chez elle.

— Hou là !

Le flic coupe la radio, histoire d'optimiser sa disponibilité cérébrale. Il en a vu des vertes et des pas mûres en quinze ans, mais jamais des mecs se faire égorger pour du matos. Des coups de batte de baseball oui, des règlements de comptes à coup de flingues aussi, des coups de couteaux donnés dans le feu de l'action souvent, mais égorger bien proprement à la maison c'est des méthodes de colombiens, et à sa connaissance les cartels ne sont pas encore en train d'envahir Barbès. Logique que Oualid soit dans tous ses états.

— La crim' est restée dans son appart' toute la nuit, je sais pas si ils ont trouvé la came.

— Si ils l'ont trouvée je le saurai. Je te le dirai.

Si c'est le cas Oualid peut dire adieu à son matos et ça c'est son problème, mais dans le cas contraire on va vite retrouver sa poudre en vente dans Barbès et là ça deviendra celui de Carlos.

— Tu sais où elle était planquée ?

— Non mais je peux avoir la clé de l'appart', tu peux aller faire un tour ?

Carlos sourit, l'autre croit peut-être qu'il est sur le point d'être nommé ministre de la justice.

— Ouais. Bien sûr. Dès demain matin j'appelle la criminelle et je leur dis que je dois fouiller l'appart' d'un macchabée pour aider mon indic à récupérer sa came.

Oualid déteste ce petit ton supérieur, qu'on le prenne de haut et pour un con. Il doit trainer un complexe d'infériorité depuis sa scolarité, son prof de maths de sixième lui parlait tout le temps sur ce ton à la con, il l'humiliait devant toute la classe et ça le rendait dingue. Ce sont les premiers cours qu'il a séchés. Non pas qu'il veuille se trouver des excuses, il sait que de toute façon il n'aurait pas fait math sup, mais il aurait pu viser une petite école de commerce et vendre autre chose que la dope, il est quand même assez doué pour le commerce de gros.

Tous ces mauvais souvenirs lui reviennent en pleine gueule et du coup il s'énerve.

— Je bosse pour toi depuis combien de temps ? C'est grâce à moi que tu fais ton chiffre, c'est grâce à moi que la came elle est coupée propre, c'est grâce à moi que c'est pas la jungle à Barbès et tu me lâches ?

— Ramasser la thune ça te pose pas de problème.

— Ça va vite être ton problème mon pote ! C'est de la pure ! Si c'est un Bambi qui la coupe n'importe comment, les tox y vont tomber comme des mouches... Et si mon grossiste apprend que sa came a été braquée, va encore y avoir des morts.

C'est vrai que vu sous cet angle les semaines à venir s'annoncent compliquées et la routine chamboulée, mais Carlos a vu passer tellement de toxicos sur des brancards et arriver tellement de mecs à l'hosto avec des couteaux plantés dans le bide qu'il ne risque pas de se mettre à paniquer.

— T'as assez de pognon pour le rembourser non ?

— Tu sais très bien qu'ils vont me trouer pour l'exemple.

C'est une bonne lecture de la situation, due à l'expérience, mais qui ne suffira malheureusement pas à régler ses problèmes.

— Si tu sens que ça tourne mal, tu me le dis et je te foutrai en taule, c'est tout ce que je peux faire.

— Et ma daronne et mon frère, tu vas faire comment pour les protéger, tu vas les serrer ?

Ça y est, il commence à lui taper sur les nerfs, il ne lui a jamais promis de protéger toute sa lignée, il arrête la voiture.

— Tu connais les règles depuis le début Oualid !

— C'est bon, je vais me démerder tout seul.

L'autre c'est pas moi, chacun sa merde. Il sort en claquant la porte, et pendant que la voiture démarre il met un grand coup de latte dans l'aile arrière, ça lui fait du bien.

— Enculé !

Simon est dans sa voiture, garée dans l'axe du Modern Hôtel, il observe les filles qui tapinent. Son supérieur lui a transmis les coordonnées GPS du relai sur lequel le numéro de la carte de visite borne depuis plus d'une heure. Iman doit donc être l'une de ces filles, mais laquelle ?

Il s'amuse à essayer de trouver, pour tester son instinct, son flair, sans risque de se ridiculiser. Les filles se ressemblent toutes un peu, fashion victimes des catalogues de lingerie érotique. Comme il a fouillé l'appartement, il sait que la chambre de celle qu'il cherche a un petit côté ado, avec plein de petits objets de déco achetés cinq euros maxi chacun, et l'éternel poster de New York comme symbole de ses futurs et nombreux voyages. Par contre, rien de l'ordre du “Best friend for ever”, c'est normal, celle qu'il cherche a déjà basculé dans la vie active et “best bitch for ever” ça ne doit pas exister. Dans sa tête il pose une option, une sorte de pari avec lui-même, puis il compose le numéro inscrit sur la carte de visite. Il observe. Est-ce qu'il a bon ? Son regard se fixe sur celle en bas résilles avec une perruque blonde, elle a l'air jeune et elle porte un push-up pour masquer son manque de poitrine. Lorsque

Iman sort son téléphone et décroche, Simon comprend qu'il s'est planté.

— *Allô ?*

— Je suis le nouveau binôme de Santa, je remplace Jeannot.

— *Et ?*

— Je suis garé à trente mètres, je voudrais vous parler.

— *Je bosse.*

— Je sais.

Iman panoramique. Simon ouvre sa portière et lui fait signe.

— Sur votre droite. Voilà, là.

Pendant qu'elle traverse le boulevard pour le rejoindre elle le scanne de la tête aux pieds, jean, baskets et parka, caricature.

— On peut aller ailleurs ? À cause des clients.

— Je vous paye un café.

— La classe ! Viens.

Elle l'attrape par la manche et marche devant lui. C'est pas pour le dédouaner, mais il faudrait qu'il détourne volontairement le regard pour ne pas mater son cul. Et ça le met mal à l'aise. Lui, le représentant de la morale, le flic intègre de la police des polices, infiltré pour démasquer un ripou qui contraint des jeunes femmes à l'esclavage sexuel. À cet instant précis, être aveugle l'aurait arrangé.

Ils entrent "Chez Momo la pause Kebab", l'endroit est un genre de "cafèt'" à pute mais à cette heure-là les filles bossent à plein régime et le boui-boui est presque désert. Simon n'est pas très à l'aise, entre les bureaux de l'IGPN et ici, c'est quand même le grand écart. Iman commande un thé, lui un coca. Il prend un air faussement détendu et se lance.

— Vous savez pas où est Santa ?

— Appelle-le !

— Hum. Il me répond pas. J'ai peur qu'il fasse une connerie.

Iman le regarde sans rien dire, elle n'a aucune envie d'entretenir cette conversation, elle n'a rien demandé et elle va rater au moins un client avec ces conneries, mais il enchaine.

— Il m'a dit pour lui et Nevada.

— C'est pas parce-que je vis chez elle que je sais où est Santa.

— Il est marié non ?

— Tu sais combien d'hommes mariés je me tape par jour ?

— Vous.

— Hein ?

— Vous ! "Vous" savez combien d'hommes mariés je me tape par jour.

— Ah, ah, t'es mignon. D'accord, si ça "vous" fait bander.

Simon encaisse. Il se demande quel âge elle peut avoir. Là, elle a l'air d'une femme mûre, mais si ça se trouve elle est tout juste majeure, sans les cosmétiques et la lingerie sexy. Il se ressaisit.

— En 2015 un flic s'est pris deux balles rue Polonceau, une dans la jambe et une dans la tête, ça vous dit quelque chose ?

Au tour d'Iman d'être désarçonnée, ce gars a bossé son dossier et il enchaîne.

— Nevada avait été soupçonnée. Vous habitiez déjà chez elle à ce moment-là non ?

— Pourquoi c'est pas la Criminelle qui me pose ces questions ?

— Si vous voulez qu'on trouve qui a buté votre copine faut nous aider.

— Tu penses que ça a un, ..., vous pensez que ça peut avoir un rapport ?

— Possible.

— Je suis sûre que Santa va le trouver, l'enculé qui l'a butée.

— Pourquoi ?

— Parce qu'il était raide dingue de Nevada.

— Elle bossait pour lui ?

Iman n'apprécie pas du tout cette question. Elle décide de se méfier de lui à l'avenir.

— Santa c'est le seul mec que je connais qui mérite d'être vouvoyé. Alors soit "tu" as quelque chose d'intéressant à me proposer, soit c'est la fin de la conversation.

— Ben...

Elle se lève. Elle n'a pas touché à son thé.

— Au fait, je cherche un appart' pas trop cher, si tu peux m'aider.

Il reste planté là, seul à la table, alors il avale une gorgée de Coca, même s'il sait que son air faussement détendu ne parviendra jamais à le faire passer pour un habitué. D'ailleurs, deux filles le dévisagent en se marrant, mais il s'en fout, c'est la première nuit vraiment excitante qu'il passe depuis qu'il a commencé cette mission.

Santa aussi a passé le reste de la nuit dehors, à enquêter. Il a interrogé tous ceux de Barbès qui la connaissaient, il en a réveillé certains, brutalisé d'autres, mais ça n'a rien donné. À deux heures du matin il est allé se poser dans un petit square, le square Alain Bashung, pas vraiment l'endroit rêvé pour trouver les vertiges de l'amour. Pour y entrer il a fait comme tous les toxicos qui viennent là se faire un petit shoot au calme, il est passé par le trou dans le grillage.

Il a dormi vingt minutes sur un banc en regrettant son manteau gris, s'est réveillé congelé, a sorti son petit flacon et avalé deux Dexédrine supplémentaires, puis il a repris ses recherches direction Pigalle. Là, il a écumé tous les bars à entraîneuses du quartier, posé deux mille questions et pas mal picolé, sans résultat probant à part son méchant mal de crâne.

Quand il sort de "chez Lili" le soleil se lève, il est H.S. et n'a pas avancé d'un millimètre. Il se sent incapable de rentrer chez lui, non pas à cause de sa nuit un peu raide, mais parce que c'est l'heure à laquelle Mathilde se lève et qu'il n'a pas le courage d'affronter ça. Son chagrin est tel qu'il est incapable de penser à autre chose, à autre chose qu'à ce putain de collier rouge autour du cou de Nevada. Il faut dire que l'ambiance entre Mathilde et lui est au "laid-fixe" en ce moment, depuis qu'elle a découvert sa liaison. Son téléphone vibre, justement c'est elle, par sms : "ton fils est malade, je pars chez le médecin. Amuse-toi bien avec ta pute".

Santa essaye de répondre mais il ne trouve pas les mots, alors il range son téléphone. Les réverbères s'éteignent, une nouvelle journée commence.

DILEMME

Tyson sort du lycée technique Jean Renoir au milieu d'un groupe d'ados cosmopolites, ça rigole beaucoup, la mue de certains a dû être tardive compte tenu des dérapages vocaux incontrôlés qui jaillissent de leur conversation. Ils franchissent la grille pendant que Djamila attend tout sourire sur le trottoir d'en face. Le visage de Tyson s'éclaire.

— Tyson !

Merde ! C'est la voix d'Iman qui vient de retentir, Tyson se retourne et change de gueule. Elle est très maquillée, elle fait dix ans de plus que son âge et il est évident qu'elle est en tenue de travail sous sa doudoune. Ses potes sont impressionnés et, en parfaits ados, se mettent immédiatement à ricaner bêtement. Tyson s'approche d'elle, en proie à une sensation nouvelle, pas si désagréable d'ailleurs : il est l'objet de l'attention de ses potes qui le prennent tout à coup pour un homme, un vrai, et il se sent "comme un con" parce que Djamila va forcément voir en Iman une rivale, il se sent cotonneux. Il se dit que c'est peut-être ça que l'on ressent avant une tempête sous les quarantièmes rugissants, ou pendant la première seconde après une explosion atomique, ou quand on voit la porte au bout du couloir avec une lumière blanche éblouissante derrière : un court instant de plénitude avant que tout parte en couilles.

— Je t'avais dit dix-huit heures trente à la salle !

— Ça change quoi ?

— Ben... je suis pressé là.

Elle l'écarte du groupe en le tirant par la manche, sa spécialité. Lui regarde Djamila du coin de l'œil, guettant la réaction qu'il craint depuis déjà cinq lignes.

— Pour trente mille "E" tu peux prendre cinq minutes ?

C'est un argument choc.

— Hein ? C'est quoi le délire ?

— On va prendre un café ?

— Ben... Maintenant là ?

— Non la semaine prochaine.

— Attends-moi, je reviens dans trois minutes.

Il rejoint Djamila, la queue très entre les jambes à cause des éclairs noirs qu'il voit poindre dans les pupilles de ses jolis yeux.

— C'est qui ?

— C'est la coloc' de la meuf qu'est morte dans mon immeuble.

— On dirait vraiment une pute.

— Ah bon ?

— Je suis venue t'accompagner à l'entraînement.

— Ah merde ! Elle vient de me demander de prendre un café avec elle, je l'ai croisée hier soir elle est grave trauma, elle peut même plus rentrer chez elle, elle doit dormir à l'hôtel et tout. Je peux pas la planter là comme une merde. Je te jure que c'était pas prévu.

— Ouais mais là c'est moi que tu plantes comme une merde.

— Hein ?... mais non... toi non plus c'était pas prévu.

— Je viens avec vous ! Je suis une femme, je peux l'aider.

— Non elle veut me parler qu'à moi. Elle a peut-être un taf pour moi en plus.

Tout en prononçant cette phrase il réalise que l'élastique du lance pierre est en train de se tendre, que la dernière fibre du dernier brin de la corde est en train de céder.

— Vas-y ! Prends-moi bien pour une conne ! Nique ta mère ! Je me casse !

Il la rattrape et la prend par les épaules. Il faut qu'il trouve le moyen de la calmer, d'urgence, parce qu'il n'y a rien entre Iman et lui, parce qu'il n'est pas fâché contre elle, parce que c'est son caractère explosif qui fait son charme, parce qu'il l'aime à fond. Il voudrait trouver les mots capables de l'apaiser, et il a l'impression de mettre une éternité avant de parler.

— Djam ! Je te jure sur la tête de mon daron qui y'a pas d'embrouille sous roche.

Les mots c'est pas sa spécialité, Djamila le dégage et se casse.

— Djam !

Cette fois elle ne se retourne pas. Il ne peut décemment pas crier ce qui est en train de lui passer par la tête, alors il le susurre.

— Putain Djam ! Trente mille "E" quoi !

Direction Iman.

Ils s'installent à la terrasse d'un café et commandent deux cocas. Tyson a les oreilles dans les starting-blocks.

— J'ai un client qui veut que je lui vende de la came.

— C'est quoi cette connerie ?

— Il a récupéré du matos et il sait pas comment le vendre.

— Y'a forcément une embrouille. Il l'a eue où cette came ?

— Tu crois pas qu'il va me le dire !

— C'est sûr.

— Y'a un seul coup à faire, on prend la thune et après on arrête. C'est risqué, c'est quand tu fais ça tout le temps, une seule fois ça craint pas.

— Tu veux qu'on la vende à qui ? J'ai jamais touché à la came moi !

— À ton lycée ça deale non ?

— Au bahut je vais me faire griller direct, jamais je prends le risque.

— Ben j'en sais rien, démerde-toi, on va pas laisser passer trente mille putain !

Tyson est totalement tiraillé. Il met un temps fou à reprendre le contrôle de ses neurones.

— Comment tu sais qu'y en a pour trente mille ?

— Le mec me file soixante mille si je vends tout.

— Putain ! C'est trente mille chacun ?

— Ben ouais.

Elle sort un paquet de clopes de sa poche.

— Il m'a filé un échantillon pour me tester.

Elle le pose devant lui. Elle y a mis une dose un peu aléatoire, de toute façon elle n'a même pas de balance, « dealer » c'est un métier. Par réflexe il pose ses mains dessus.

— T'es grave putain !

— Elle est canon la petite que j'ai vue tout à l'heure.

— C'est Djamila, c'est ma meuf.

— T'as pas envie de lui faire un beau cadeau ?

Tyson observe Iman. Elle est un peu moins jolie que Djamila mais elle a l'air fragile, c'est joli aussi. Djam' est pétillante et vive, il sait déjà qu'elle deviendra une femme forte et il adore, alors qu'Iman lui fait penser à une accidentée. Ça éveille en lui un instinct protecteur. Bizarrement, elle lui fait ressentir pleinement qu'il est en train de devenir un homme. Elle vient de faire monter l'adrénaline en lui, pas besoin qu'elle le tire par la manche pour qu'il ait envie de la suivre, son sourire suffi.

— Pourquoi je sais d'avance que je vais dire oui ?

— Parce-que t'as envie de vivre comme un pacha.

Tyson panoramique pour vérifier que personne ne l'observe et il glisse le paquet dans sa poche.

— Ça fait combien, trois ans qu'on se connaît ?

— Ouais.

— C'est marrant qu'on ait jamais baisé.

— Ça me fait des vacances.

Elle lui fait un bisou sur la joue et se lève.

— Tu me dis quand t'as besoin du reste, il doit y avoir deux ou trois kilos en tout.

Tyson la regarde s'éloigner, malgré les épreuves qu'elle a dû traverser elle dégage de la légèreté, elle rayonne, et son cul est sublime.

DÉSINTOX

Tyson a eu une idée.

La nuit vient de tomber et il marche, déterminé, en direction de l'hôpital Lariboisière. Il a mal aux jambes, l'entraînement de ce soir, ajouté à la séance de musculation de ce matin, lui tirent dans les mollets. Il n'a encore pas été au top sur le ring (les deux cordes attachées aux quatre piquets de chantier), décidément l'amour et le sport sont difficilement compatibles lorsqu'ils sont intensifs.

À bien y réfléchir il se dit que le problème c'est quand même l'amour, parce que quand tout va bien avec Djamila il est sur un nuage, donc il n'est plus à sa boxe, et quand ils sont fâchés, comme en ce moment, ça lui tord le bide donc il n'est plus à sa boxe. Le problème semble insoluble tant qu'on aura pas inventé le bouton on/off des sentiments. Son entraîneur lui avait sorti une phrase avec Allah et les femmes qui résumait ça assez bien, mais il ne s'en souvient plus.

L'idée de se faire trente mille lui remonte quand même le moral, parce qu'en vingt-quatre heures, il a vu ses perspectives salariales passer de zéro par mois à potentiellement cinq-cents par combat, et maintenant trente mille d'un seul coup. Ça doit être ça qu'on appelle l'ascenseur social.

Le temps que toutes ces pensées tournent dans sa tête, il est arrivé à destination. Il s'assoit sur un banc, face au centre de distribution de méthadone de Lariboisière, c'est l'idée qu'il a eue. Elle peut paraître bancale mais comme Iman n'en a pas, il faudra s'en contenter.

La récompense est alléchante mais la barre est haute, écouler trois kilos de poudre pour lui qui n'a jamais trempé dans un quelconque trafic, c'est un putain de challenge. Alors, il a intelligemment listé quelques paramètres comme : faire vite, ne pas se faire arnaquer, ne pas se faire serrer par les keufs ou ne pas se faire braquer par les acheteurs, ça fait beaucoup. Et pendant qu'il encaissait les directs de Mohamed à l'entraînement, un souvenir lui est revenu, ça doit être lié à l'agitation du cerveau. L'année dernière il avait accompagné un toxico totalement en manque jusqu'à cette petite annexe de l'hôpital. Le gars n'était pas beau à voir, il ne reconnaissait même plus les rues et l'avait supplié de le guider jusque-là. Ce jour-là il avait pris conscience des ravages de la poudre et il s'était juré de ne jamais y toucher, mais c'est pas trois kilos de plus ou de moins qui vont changer grand-chose, chacun s'arrange comme il peut avec sa conscience.

Il se rappelle du défilé auquel il avait assisté ce soir-là, cent pour cent toxicos, d'où son idée. Maintenant il faut qu'il trouve le bon client, il a l'embarras du choix, il est vingt heures et il y a foule, ça ne désemplit pas ces endroits-là. Ceux qui entrent sont transpirants et nerveux, ceux qui sortent sont mous et détendus, il décide de piocher dans ceux qui sortent. Les deux-là, ont l'air cool, il leur emboîte le pas.

— Salut.

Leurs regards sont hagards, c'est bon signe.

— Je cherche quelqu'un qui voudrait vendre de la came.

— Oublie nous, on est en train de décrocher.

— C'est pas pour en prendre, c'est pour en vendre.

— On a rien pour toi on te dit !

— Non c'est moi qui cherche quelqu'un qui voudrait vendre la came que j'ai.

— Hein ? Tu veux qu'on deale pour toi ?

— Voilà c'est ça. Y'a pas mal de maille à se faire.

— C'est quoi que t'as ?

Tyson sort le paquet de clopes de sa poche et le tend aux gars.

— Ça, mais en plus grande quantité.

Le toxico sort le sachet bleu, l'observe puis le passe à son pote.

— Faudrait la goûter, enfin la faire goûter à quelqu'un vu que nous on est clean.

— Normal. Je vous laisse ça. Vous faites goûter et on se revoit ici demain soir.

— Heu... ouais.

— Ok ? Demain ici à la même heure ?

— Ouais.

— Je sais que vous serez là parce que tout le monde va la kiffer et y m'en reste encore plein, vous allez vous gaver. Demain on se parle de la thune ok ?

Tyson les checke, poing sur le cœur, puis s'éloigne en marche arrière. Il lâche quand même quelques uppercuts dans le vide histoire de les impressionner. Les deux toxicos se regardent, le même sourire apparaît simultanément sur leurs deux visages.

— Putain y'a au moins vingt "G" man !

— C'est quoi ce tringlo ?

VIES DE FAMILLE

Santa et Simon ont pris leur service entre chien et loup, comme tous les soirs. En deux semaines, Simon s'était habitué au manque de conversation de son partenaire, ou plutôt de sa cible, mais les événements de la nuit dernière ont accentué le phénomène, l'élevant au rang de "silence mural". Il avait été prévenu de la difficulté de cette enquête mais il pensait qu'entre Santa et lui ça allait être plus tactique, le jeu du chat et de la souris, Columbo et tout ça. La réalité est beaucoup moins subtile, il en est presque un peu déçu. À cet instant par exemple, il n'a pas besoin d'être fin limier pour deviner que Santa n'a pas dormi beaucoup, car sa bouche colle et sent l'alcool, et certainement pas chez lui car il sent fort la transpiration.

Santa a demandé à Simon de conduire. Il ne lui a pas dit, mais il ne se sent pas capable de faire un quelconque effort d'attention. Il a allongé son siège plus que d'habitude, sa tête est penchée en arrière, posée sur l'appuie-tête, et il regarde à travers la vitre Barbès qui défile flou. La vie ne grouille pas dans la voiture mais dans Barbès si, surtout devant les boutiques de fripes à quelques minutes de la fermeture, instant critique pendant lequel les mères de familles nombreuses fouillent les bacs de "super promos", de peur de rater une bonne affaire. Le consumérisme a définitivement contaminé toutes les classes sociales.

Mais lui ne les voit pas, il veut rester bien au chaud dans sa tête, penser à elle, la revoir, la sentir, se souvenir des caresses, des parfums, tenter de ressentir à nouveau les sensations physiques, encore et encore.

Le silence dure, Simon voudrait le déloger de sa forteresse.

— Dis-moi si je peux t'aider.

Santa n'a pas du tout envie de lui répondre, ni même de parler tout simplement, mais cette dernière phrase le réchauffe un peu, ce gars n'est peut-être pas qu'un jeune chiot formaté.

Il se souvient de sa propre arrivée à la brigade, et même s'il n'en garde aucune séquelle à part son surnom, il se souvient qu'il en avait plein le cul de cette connerie de père noël noir. Un an après lui un autre nouveau était arrivé, devenant la nouvelle cible, et il s'était senti soulagé. Il l'avait lui aussi chambré, reproduire un affront pour laver celui qu'on a subi. Simon ne mérite peut-être pas d'être dédaigné.

—Je t'aime bien, mais je voudrais que tu restes en dehors de ça.

— Tu veux qu'on passe chez toi ? Pour que tu prennes une douche ?

— Chez moi l'ambiance c'est encore pire qu'avec toi dans cette caisse.

— Ta femme elle est au courant ? Pour toi et Nevada ?

Bien sûr que Mathilde est au courant. C'est une fille intelligente, et même sans ça elle se serait aperçue que Santa la trompait. Quand il a rencontré Nevada il a changé, il a commencé à moins raconter ses nuits de travail, à moins sourire, à moins jouer avec leur fils, à se taire. Lorsqu'elle le désirait il ne la repoussait pas mais l'érotisme s'était éteint, il n'osait plus la toucher, ses caresses étaient devenues moins adroites, ses gémissements moins sonores, ses muscles moins bandés. Santa est entier, même son corps est incapable de mentir. Un jour aussi, alors qu'elle l'observait discrètement, en train de jouer avec son fils, elle a vu une larme couler sur sa joue et elle a compris, ce qu'elle avait pressenti était vrai, il la trompait.

— Ouais.

— Avec ton môme ça va ?

— Sans lui je me serais barré depuis longtemps.

— Accroche-toi au moins à ça.

Impossible pour le moment. Ses pensées reviennent sans cesse à Nevada, elle avait super bien géré, elle allait se tirer à Lisbonne et passer à autre chose. Iman avait évidemment accepté de fuir Barbès avec elle, mais lui hésitait, forcément, quitter son fils. Maintenant, il regrette de n'avoir pas dit oui tout de suite, sans réfléchir, parce que c'est sa réponse qu'elle attendait pour partir. S'il avait suivi son instinct plutôt que la morale à la con, sa vie à lui aurait explosé mais Nevada serait toujours vivante, et ils seraient ensemble.

Simon, lui, n'est pas emmerdé avec ça puisqu'il n'a plus de vie sentimentale depuis maintenant trois ans. Les deux ou trois petits coups avec la fille de la formation l'année dernière n'avaient rien de sentimentaux. La seule relation sérieuse qu'il ait eue a duré huit mois, il l'a classée à la première épreuve, à la première lassitude, au premier accroc. Sa carrière a toujours été sa priorité et il se dit que l'amour reviendra forcément s'il la réussit. Pour ça il doit faire tomber Santa, toujours dans le flou côté fenêtre, pour ça il doit le faire parler. La méthode douce est un échec, il fait une tentative plus frontale.

— Elle avait été interrogée dans une histoire de meurtre, un flic.

Ça marche, Santa tourne la tête.

— Tu fouilles la merde ?

— Non, j'essaye de "t'éviter" la merde.

Il pense avoir trouvé la faille parce que Santa lui sourit et enchaîne.

— Putain j'ai la dalle, pas toi ? Arrête-toi là deux secondes s'te plaît.

Simon arrête la caisse. Santa ouvre la portière et descend, il se marre.

— À demain.

La portière claque et il s'éloigne. Le poing de Simon frappe le volant.

— Va te faire foutre Santamaria !

DEUXIÈME TOUR

Mouss vide méticuleusement les placards de la cuisine de Nevada, mais pas délicatement, chaque objet vérifié volplane jusqu'au tas qui se trouve au milieu de la pièce.

Cette activité, pas trop exigeante intellectuellement, lui offre un moment de réflexion, une pause méditation, la répétition systématique de gestes mécaniques s'y prête. Ça permet à son esprit d'analyse de se libérer, et il aboutit rapidement à une vision claire de la situation : "ça casse les couilles, wallah". Plus précisément, il se dit qu'il ne devrait pas être là à bosser pour Oualid alors que la came ne lui appartient même pas. S'il se retrouve à faire des tas avec des objets dans une cuisine c'est presque par hasard au fond, parce qu'il y a eu concomitance entre la volonté de Oualid de recruter au plus vite et l'annonce de la mort de Nevada. Si le coup de fil avait eu lieu deux heures plus tôt il ne lui aurait jamais demandé de le rejoindre au grec. La mécanique ne se serait pas enclenchée, celle de devoir trouver fissa une solution pour récupérer la came, de se mettre à cavaler pour retrouver cette fille, Iman, et de se retrouver là en pleine nuit en train de retourner l'appart' d'un macchabée, dont ils ont pété les scellés, ce qui risque d'attirer l'attention d'un voisin et celle des flics par voie de dénonciation.

Tout cela est donc allé trop vite car en temps normal, c'est à dire plus lentement, Mouss lui aurait simplement dit de le rappeler quand il aurait retrouvé sa came. Il a hésité à faire marche arrière cet après-midi au réveil, mais il a réfléchi. S'il aide Oualid il lui en sera reconnaissant, il partira au Bled en toute sérénité, et une belle opportunité s'offrira à lui : dégager Hamid et étendre son territoire jusqu'à Barbès. Une stratégie de businessman éclairé.

En attendant, la fouille de la cuisine est terminée et il n'a rien trouvé, et ça lui casse les couilles, wallah.

Un peu plus tôt les chouffes ont retrouvé Iman, en moins de vingt-quatre heures moyennant cinquante euros chacun, les sections de recherche des services de police devraient en tirer des leçons. Il a été récupérer la fille au Modern et l'a ramenée rue Myrha, sans la brutaliser. Il n'aurait pas dit non à une petite raclée, d'habitude c'est efficace pour clarifier la hiérarchie, mais Oualid lui avait dit d'y aller cool. Ce gars a l'air de vouloir se la jouer fine, il doit se croire malin.

En ce moment même il est dans le salon, assis face à Iman, pendant que Mouss se tape le taf. Il a posé son calibre sur la table basse, ses jambes sont écartées pour éviter que le sang séché ne salisse sa paire de Nike flambant neuve. Il se laisse tomber en arrière dans le canapé et sourit façon cador.

— Nevada elle m'a jamais parlé de toi. C'est quoi ton nom déjà ?

— Iman.

— Elle t'a jamais parlé de oim ?

— C'est comment toi ?

— Oualid.

— Non.

Si. Nevada lui en a déjà parlé mais elle ne risque pas de le lui dire, ne jamais avoir entendu parler de lui c'est être moins gênante et c'est surtout ne pas être au courant pour la poudre, et ça c'est bien.

— Tu sais ce qu'on cherche ici Iman ?

— Non.

— Si je trouve ce que je cherche t'as rien à craindre.

Il en faudrait plus pour l'impressionner mais elle doit rester prudente, le tenir à distance sans trop l'énerver.

— Et c'est quoi ?

— Un paquet, gros com'aç à peu près, avec des sachets bleus dedans.

— J'ai jamais vu ça ici.

Les deux s'observent. Il essaye de savoir si elle se fout de sa gueule ou pas. Elle n'a pas l'air d'avoir inventé la poudre, dommage ils se feraient des couilles en or.

Elle, se dit qu'en prenant ce petit air, celui de ne pas avoir inventé la poudre, ça devrait le mettre en confiance. Ce gars a l'air sûr de lui en apparence, il se prend pour un boss, mais elle sent qu'il est nerveux, qu'il flippe, qu'il est parano, et avec les paranos ça peut vite dégénérer. D'ailleurs il se met à gueuler.

— Mouss !

Mouss arrive lentement.

— Ouais quoi ?

— Fouille sa chambre.

— C'est laquelle ?

Comment fait-elle pour toujours se retrouver dans des plans pourris ? C'est l'histoire de sa vie, son passage chez Nevada aura décidément été sa seule parenthèse de paix. Trois ans auparavant elle aurait dit à Oualid qu'elle voulait bosser pour lui, au pire elle l'aurait sucé un peu, elle lui aurait même dit pour la trappe sous la baignoire, et tout était fini. Mais aujourd'hui impossible, Nevada lui a fait comprendre, elle lui a montré. Plus aucun homme ne la dominera, elle ne sera plus jamais soumise. N'empêche que ça va être chaud pour récupérer la deuxième moitié de la came, elle doit trouver le bon moment, avant qu'ils s'attaquent à la salle de bain, et d'abord répondre à Mouss.

— C'est laquelle ta chambre ?

— Au fond à gauche.

La provocation est une option risquée mais c'est sorti tout seul, réflexe d'autodéfense. Elle serre un peu les fesses en attendant la réaction. Mouss doute. Elle ne va quand même pas lui placer un “dans ton cul”, il fait deux têtes et soixante-dix kilos de plus qu’elle. Oualid sourit, ça le fait marrer ce con, alors Mouss y va, mais si la chambre n’est pas au fond du couloir à gauche il la cogne c’est sûr, fuck Oualid sa came et son business, on ne se fout pas de sa gueule impunément. Iman lit dans ses pensées, c’est finalement de lui qu’elle doit vraiment se méfier, lui, le gros nounours à l’air inoffensif. La chambre est bien au fond à gauche, elle est sauvée. Oualid reprend.

— Ça fait combien de temps que t’habites là ?

— Trois ans.

— Je le crois pas qu’on s’est jamais croisés en trois ans. Tu crèches à l’hôtel du coup ?

— Je cherche un appart’, toute seule je peux pas payer ici.

— Tu sais que c’est oim qui lui a trouvé cet appart’ à Nevada ?

— Et faut que je fasse quoi ?

— Je sais pas encore.

Mouss gueule du fond du couloir.

— Oualid ! Viens m’aider putain je vais pas tout me cogner tout seul, la vie de ma mère !

Elle saute sur l’occasion.

— Je peux aller aux toilettes ?

— Magne-toi.

Il se lève pour rejoindre Mouss et la suit sur cinq mètres de couloir, ce qui lui offre quelques secondes pour mater son cul.

Elle, se dit qu'il mate forcément son cul, et que tant qu'il espère la sauter elle peut le maitriser. L'obèse, ce sera plus compliqué. Oualid entre dans la chambre d'Iman en mimant deux gros seins avec ses mains.

— Putain elle est bonne.

— Moi je la sens pas.

Comme quoi Iman connaît bien la nature humaine, c'est sûrement l'instinct de survie. Elle entre dans la salle de bains, ferme la porte à clé, s'adosse à la porte et prend une longue respiration.

— Calme Iman, calme.

Elle s'agenouille devant la baignoire et fait basculer la trappe.

CHASSÉ CROISÉ

Tyson attend à quelques longueurs du fast-food, planqué derrière le clown rouge et jaune. Il a décidé de venir chercher Djamila à la sortie de son boulot, pour tenter de rattraper le coup par rapport à Iman. Ça le gonfle de céder le premier mais il ne peut pas supporter l'idée de la perdre, surtout sur un malentendu. Attendre ici lui rappelle le début de leur relation, il y a trois mois, ça lui paraît vieux. Quand il pense que son père n'arrête pas de dire que pour lui la mort de Bella c'était hier alors que c'était il y a dix-neuf ans, il se dit que le temps doit ralentir avec l'âge.

Il se souvient bien de la première fois qu'il est venu l'attendre ici, il avait le cul posé exactement sur la même barrière, derrière le même clown. Les pensées dans son cerveau, ses émotions, ses hormones, tout était à fond. À la fois surexcité et en train de faire dans son froc, peur de faire une boulette, peur de comprendre qu'il ne la branchait pas, peur qu'elle lui dise qu'elle le trouvait super sympa mais c'est tout. Il avait voulu lui faire un cadeau, genre une bague ou un collier, mais il avait changé d'avis au dernier moment, et il avait bien fait. C'était trop tôt, ça faisait trop demande en mariage, il aurait eu l'air d'un romantique à la con et avec une fille de Barbès ça le fait pas. Il n'avait pas trop su quoi lui dire, les mots c'est compliqué. Finalement, c'est elle qui avait pris la main, dans tous les sens du terme. Elle avait pris les siennes, s'était hissée sur la pointe des pieds jusqu'à sa bouche et l'avait embrassé direct avec la langue. Cette fille sait ce qu'elle veut et c'est ce qu'il aime chez elle. Cette fois, il a acheté vite fait un petit collier chez Tati Or, il a mûri, il a compris que ça demande plus d'efforts de garder une gonzesse que de la pécho.

Malheureusement, quand Djamila sort, elle est accompagnée par un beau mec, c'est pas comme ça qu'il avait imaginé les choses. Ça doit être Traoré, ça fait plusieurs fois qu'elle lui en parle : elle le trouve super sympa, c'est cool qu'ils aient les mêmes horaires et bla bla bla. En plus, vu du clown, elle n'a pas l'air de trop souffrir de leur engueulade parce qu'elle lui sourit, c'est dur. Il aimerait tellement entendre ce qu'ils se disent.

— Il est pas là ce soir ton mec ?

— Non, il m'a gonflé aujourd'hui, je l'ai dégagé.

— Tu veux que je te raccompagne ?

Elle ne répond pas, ses pensées sont à Tyson. Elle ne pensait pas qu'il la tromperait si vite, surtout avec cette pute, lui qu'elle trouvait si top. Le lycée est gavé de mecs relous qui cherchent juste à l'ajouter à leur tableau de chasse, mais lui est différent, enfin, c'est ce qu'elle pensait.

Elle se rappelle de la première fois qu'il est venu la chercher, il y a trois mois, il ne faisait pas le malin. Il tortillait ses doigts, ses joues et ses tempes étaient clairement rose foncé. Tout perturbé qu'il était il n'avait même pas pensé à venir avec un petit cadeau. Un collier premier prix et soldé de chez Tati Or aurait suffi, elle se demande s'il referait la même erreur aujourd'hui. C'était finalement elle qui avait pris les choses en main, lui n'aurait certainement jamais osé l'embrasser. Difficile d'imaginer qu'une telle timidité se cache derrière sa gueule des lendemains d'entraînement, ça l'arrange bien, au lycée plus personne n'ose l'emmerder. Gentil et rassurant, c'était bien.

Mais cet après-midi il l'a blessée, tout le bahut l'a vu partir avec la pute et la planter là comme une conne, elle ne reviendra jamais vers lui, il peut aller se faire foutre. Si c'est lui qui veut revenir elle réfléchira. Elle revient à Traoré.

— Je veux bien. Ça te saoule pas ?

— Non, franchement, c'est normal.

Tyson les regarde s'éloigner, il hésite à y aller, il a peur de se faire ridiculiser devant le renoi, déjà que Mohamed l'a encore dominé à l'entraînement tout à l'heure. Alors il reste planté là, tripotant le paquet cadeau à l'intérieur de sa poche, comme un con derrière son clown. Quand il aura la thune c'est elle qui reviendra vers lui, c’est comme ça que ça se passe dans les clips de rap.

Au square Alain Bashung la lumière bleue des gyrophares balaye les quelques arbres maigrichons qui tentent de survivre là, à côté de trois bancs tagués et d’un tourniquet en ruine. Un petit attroupement s’est formé parce qu’un corps se fait sangler sur un brancard, celui de l’un des deux mecs auxquels Tyson a donné l’échantillon. Son visage est transparent, sa bouche entrouverte laisse échapper un filet de bave, il a fait une overdose, les vidéo-charognards ont dégainé leurs smartphones. Sur l'un des bancs le flic des stups manipule un sachet bleu, 20 grammes moins deux shoots, il est assis à côté du pote de l'autre, le mort, qu'il l’interroge.

— T’as eu ça où ?

La réponse ne fuse pas vu l’état dans lequel se trouve le gars, mais Carlos est devenu patient avec l’expérience.

— C’est un rouquin.

— C'est tout ?

— Avec une tronche de boxeur.

— Hum.

— Je l’avais jamais vu.

— Ok.

Il prélève un peu de poudre avec l’ongle de son auriculaire et la goûte du bout de la langue. Grimace.

— Il t'a dit d'où ça venait ?
— Ben non !
— Et tu sais où je peux le trouver ?
— Non c'est lui qui est venu au centre.
— À Lariboisière ?
— Ouais. Il a dit qu'y en avait encore plein.
— Ok, on va t'emmener à l'hosto.
— Pas la peine je vais bien.

Carlos fait signe aux pompiers de l'emmener. Le gars fait semblant de résister mais en réalité il n'est pas contre une nuit au chaud.

— Comment il va mon pote ?

Du regard les pompiers cherchent de l'aide auprès du flic mais n'en trouvent pas, la question reste sans réponse.

Carlos n'a plus aucune empathie pour les junkies, il en a trop ramassés. Celui-là vient de voir son pote mourir sous ses yeux sans même s'en apercevoir et demain il remettra ça, tout ce qu'il peut lui inspirer c'est peut-être juste un peu de pitié. En plus ça fait longtemps qu'il sait qu'un tox en chasse un autre, alors il s'est forgé une carapace, sinon il aurait changé de métier. Pour le moment son seul vrai problème c'est ce vol de came, un mort en moins de vingt-quatre heures c'est mauvais signe, il risque d'y en avoir beaucoup d'autres. Le préfet va pousser une gueulante, il faut vraiment qu'il se bouge le cul.

Au 10, rue Myrha, Tyson a sa tête des mauvais jours lorsqu'il arrive devant l'immeuble. Les deux gamins, assis sur le capot d'une voiture garée en face, l'observent et le reconnaissent, ils l'ont déjà vu entrer hier soir. Sa tronche de boxeur n'y est pour rien, les mômes l'auraient repéré de toute façon parce que rester assis en tournant la tête de tous les côtés c'est leur métier. Cinquante euros par jour à douze ans c'est la fortune, ça compense largement le côté répétitif.

En rentrant il ne s'est pas arrêté voir son père, il n'est pas d'humeur. En passant devant chez Nevada il remarque que les scellés ont été arrachés, alors il colle son oreille contre la porte et entend du bruit. Il essaye doucement d'ouvrir, c'est verrouillé. Il pose son doigt sur la sonnette, hésite puis se ravise, ça doit être les keufs vu le barouf qu'ils font. Il reprend alors calmement son ascension vers sa chambre au septième étage (mais bien loin du septième ciel). Ne pas avoir sonné vient de lui éviter de se jeter dans la gueule du loup, mais il ne le sait pas.

Dans la chambre d'Iman, Oualid et Mouss sont en plein chantier de démolition.

— Tu trouves pas qu'elle met longtemps pour pisser ?

— Va la chercher.

Au moment où Mouss débouche dans le couloir, il tombe nez-à-nez avec Iman.

— Qu’est-ce que t’as foutu ?

— Un truc de femme dans une salle de bain.

Le couloir n'est pas large alors elle le bouscule un peu pour retourner au salon, il la regarde méchamment. Entre ces deux-là c’est électrique, ou alors magnétique mais en approchant les deux pôles de même signe, ceux qui se repoussent. Il n'a décidément jamais eu un aussi mauvais feeling avec une gonzesse. Qu’a-t-elle de différent ? Impossible pour lui de le définir mais il fait confiance à son instinct, et il en fait profiter Oualid qui vient de le rejoindre. Il mime à son tour deux gros nichons avec ses mains.

— Je serais toi je la fouillerais !

Oualid sourit, sort son flingue et gueule.

— Iman !

Elle apparaît, hésitante, et s’arrête dans l'encadrement de la porte du salon. Oualid savoure.

— Tu me prends pour une truffe ou quoi ?

— Hein ?

— Viens.

Elle s’approche lentement, merde ! Elle y était presque, elle a réussi à rentrer tout le reste de la came dans son soutif, le plus dur était fait. Bon, quand elle a entendu le gros conseiller à Oualid de la fouiller elle a regretté. Évidemment que c’était trop risqué de faire ça maintenant, elle aurait dû attendre, revenir une autre fois, pourquoi toujours se précipiter ? Remarque quand les keufs vont voir que l'appart' a été retourné ils vont sûrement le surveiller de près, peut-être même poser un verrou, finalement elle a bien fait. Sauf qu'elle a cinq secondes pour trouver une idée sinon elle va prendre cher. Une sorte de ralenti se déclenche alors dans sa tête. Elle voit les deux cons sourire au ralenti, se jeter un coup d'œil complice au ralenti, Oualid donner son calibre à Mouss au ralenti, puis sortir son phone au ralenti, bizarre. C'est la sonnerie qui la ramène progressivement à la vitesse nominale.

Dès qu'il a vu le numéro, Oualid a décroché. Il part vers le fond du couloir, pour s'éloigner, Mouss pourrait choper une bribe de conversation, un mot peut parfois suffire à un instinctif, et il n'a aucune envie que Mouss comprenne qui est Carlos.

— Ouais.

— *Ta came a refait surface.*

— Putain ! C'est bon ça !

— *C'est un rouquin avec une gueule de boxeur qui la vend. Tu connais ?*

— Non, mais la vie de ma mère je vais pas tarder à le croiser ! À plus !

Il raccroche, il a sa tête des bons jours. Mouss est toutes antennes déployées.

— On peut se casser, le paquet est plus ici.

— C'était qui ?

— Je t'expliquerai.

Il n'a évidemment aucune intention de le faire, il gèrera ça plus tard, en attendant il récupère son flingue et ils se cassent.

Iman les regarde s'éloigner, statufiée au milieu du couloir, encore un peu au ralenti, elle n'a pas vraiment compris ce qui vient de se passer mais elle s'en tape, des coups de cul comme celui-là ça n'arrive pas tous les jours. Malheureusement, au moment de franchir la porte de l'appartement Oualid s'arrête et revient vers elle, flingue à la main, avec son air de cador prétentieux comme mauvais présage. Le tempo cardiaque d'Iman redécolle, cent-quatre-vingt à la noire, Bebop.

— On se file les numbers ? Pour l'appart'.

Putain ! Elle a frôlé l'apoplexie ! Elle sort son téléphone sans trembler, un exploit, en se promettant de se remettre au sport, de faire du cardio, elle va en parler à Tyson.

Lui dort déjà, deux étages plus haut, c'est l'avantage du sport intensif. Il ignore qu'une grosse épée, celle de Damoclès, vient de prendre place au-dessus de sa tête, car en sortant du 10, Oualid n'a qu'une image en tête, celle d'un rouquin avec une tronche de boxeur.

— Quelqu'un essaye de vendre notre matos gros.

— On le connaît ?

— Non mais c'e...

— Attend deux secondes frère.

Mouss a toujours le réflexe de panoramiquer quand il sort d'un immeuble, déformation professionnelle, et il vient de repérer les deux mômes assis sur un capot. Il sort deux billets de cinquante.

— C'est bon les gros vous pouvez lâcher le chouffe. Hamid vous appelle si on a besoin.

— Quand tu veux frère.

Les gamins montent à deux sur un Vélib bancal et disparaissent. Il rejoint Oualid.

— Ça coûte une fortune les chouffes, je mets ça sur ta note.

— J'aime bien ton sens du biz gros.

— Alors pour ce que tu me disais ?

— Ouais, c'est un rouquin avec une gueule de boxeur, tu connais ?

— Non. C'est con tu me l'aurais dit plus tôt j'aurais demandé aux mômes.

— J'allais te le dire, tu t'es barré.

— Je suis pas étanche quand j'ai la dalle, ça te dit on va au grec ?

Tranquillement dans son lit Tyson, tout comme Iman, vient de l'échapper belle.

SÉDUCTION

Iman, encore sous le choc, traverse le boulevard devant le Modern, il va falloir qu'elle joue très serré avec Oualid. S'il découvre qu'elle a la poudre c'est clair qu'il peut la buter et si c'est le gros qui s'en charge ça risque en plus d'être long et douloureux. Elle doit vendre ça très très vite et se tirer de Barbès, voire même de France ce serait plus sûr. En attendant elle n'a qu'une hâte c'est de décharger son soutif et d'aller se coucher. Elle a décidé de ne pas bosser ce soir, il est déjà très tard et elle est tellement de mauvaise humeur qu'elle n'arrivera pas à faire semblant avec les clients. Et un client déçu est un client perdu.

— Iman !

Elle s'arrête, elle connait cette voix, ah non pas lui, pas maintenant, pas Simon ! Elle se retourne, il s'est garé au même endroit que la veille, il ne faudrait quand même pas qu'il prenne des habitudes, il va la griller auprès des autres filles. Il est debout à côté de sa voiture, portière ouverte, la main droite posée sur le toit et il lui fait un petit signe avec la gauche, décidément c'est une caricature ambulante ce gars, c'est con il est plutôt beau gosse.

— Ecoute, je suis rincée. J'ai passé une soirée de merde, je ressemble à rien, j'ai pas envie de parler.

— Santa a besoin de vous.

Voilà, elle est baisée, il vient de prononcer la seule phrase qui pouvait la faire céder. Elle expire profondément en signe de renoncement et traverse le boulevard en sens inverse. Décidément, cette soirée est totalement merdique, après avoir passé ces merveilleux moments avec Oualid et Mouss, elle se retrouve dans une voiture de flic avec un kilo et demi de poudre dans le soutif, pourvu qu'il n'essaye pas de la peloter. Amobé lui a toujours dit que : "la came c'est que des emmerdes", elle n'imaginait pas à quel point, et elle a envie de rajouter : "surtout si tu l'as volée". Elle s'installe côté passager.

— Santa est en train de péter un câble.

— Pourquoi tu dis ça ?

— Parce qu'il disparaît en plein service la nuit dernière, que je le retrouve tout puant et encore bourré ce soir, et qu'il disparaît encore cette nuit en me claquant la porte au nez.

— C'est pas contre toi, c'est contre lui qu'il en a. Il la protégeait et elle est morte, il doit s'en vouloir.

Il se dit qu'il y a peut-être un fond de vérité là-dedans mais elle ne va quand même pas essayer de lui tirer des larmes, en vérité c'est un enculé de maquereau qui vient de perdre une fille, c'est surtout ça qui le perturbe.

— Elle avait jamais eu de mac ?

— Si.

— Mais plus depuis Santa ?

— C'est ça.

Ça veut bien dire qu'il avait pris Nevada à son compte, il est certain d'être sur la bonne voie. Il voudrait réussir à la faire parler un peu plus mais il sait qu'avec elle il marche sur des œufs. Il l'a déjà constaté à ses dépens, la discussion peut s'arrêter en un quart de seconde, un mot mal choisi peut être fatal. Et comme il la soupçonne de bosser aussi pour Santa, il faut qu'il soit particulièrement habile, mais il aime ça.

— Et il vous protège aussi ?

— Ben avec Nevada on était un peu comme deux sœurs alors forcément.

— Vous croyez que Santa pourrait buter l'assassin de Nevada s'il le trouve ?

Il commence à la saouler avec ses questions. Évidemment que Santa va buter cet enculé s'il le chope, et évidemment qu'il passe ses nuits à essayer de le trouver, on a vraiment l'impression qu'il sort de l'école le gars. Elle décide de mettre fin à la conversation, c'est con, de près aussi il est vraiment mignon.

— Écoute ! J'ai l'impression que t'es sincère mais je te connais pas.

— J'espère que la criminelle va trouver l'assassin avant Santa, sinon vous aurez plus personne pour vous protéger.

C'est vrai. Si Santa bute le gars et se fait serrer elle n'aura plus personne pour la protéger. En vingt-quatre heures elle vient déjà de faire une croix sur son appart', sur une nouvelle vie au Portugal et elle a Oualid au cul, tous les voyants viennent de passer au rouge, sa seule issue est dans son soutien-gorge.

— "La vie c'est comme le jazz, faut tout le temps improviser", c'est Nevada qui disait ça.

Elle ouvre la portière.

— Finalement j'aime bien qu'on me vouvoie, ça me change de tous les blaireaux que je me tape.

Elle lui sourit et claque la portière.

Simon la regarde s'éloigner. Cette fille n'est pas facile à manœuvrer mais il a l'impression qu'il vient de marquer des points, qu'il gagne gentiment du terrain, millimètre par millimètre. Il se dit au passage que son enquête gagne un peu en subtilité, ce qui n'est pas pour lui déplaire, c'est comme ce cul putain, cette fille pourrait le troubler. Mais il n'est pas du genre à se laisser distraire.

CERNÉ

Oualid et Mouss sont attablés à la table du fond au resto grec. Un “Maxi Steak” et un “Big Mayo” sont en train d’y passer, d’une seule main pour Oualid, l’autre tient son téléphone.

— Hamid, c’est oim. Je cherche un rouquin avec une tronche de boxeur, tu peux le dire aux chouffes ?

— *Pas la peine je le connais.*

— Hein ?

— *Ben ouais, je l’ai vu rentrer au 10 l’autre soir, avec son sac de sport et sa tronche éclatée. Je sais même qu’il est dans une chambre de bonne.*

— T’es un boss ma gueule !

Il raccroche, Mouss attend avec impatience la phrase qu’il va prononcer, vu son sourire ça devrait être positif.

— Le rouquin gros ! Il habite au 10 ! Wallah !

Putain ils en viennent ! Mouss pensait aller se coucher direct sur la digestion, c’est mort. D’un autre côté ils vont y retourner, récupérer le matos et la vie va pouvoir reprendre son cours normal. Oualid pourra enfin se casser au bled, l’horizon semble s’éclaircir.

Au square Alain Bashung, Carlos regarde les flics évacuer les derniers curieux, les toxicos eux, avaient fui dès l'arrivée des pompiers. Il va devoir jouer serré avec cette came, parce que pour que tout rentre dans l'ordre, il faut qu'il la rende à Oualid, ça l'oblige à agir en toute discrétion et en solo, pas question d'ouvrir une enquête officielle. La crim' ne va certainement pas tarder à se mettre aussi sur la piste du rouquin, il doit faire vite.

— Carlos !

Il se retourne, c'est Santa.

Ça fait quinze ans qu'ils se connaissent, ils se sont croisés sur des dizaines d'affaires, prostitution et drogue vont souvent de pair. Il y a beaucoup de respect entre eux deux parce qu'ils sont sur la même longueur d'onde, ils ne s'encombrent pas des petits délinquants et ils ont des méthodes similaires, celles qui composent sans scrupules avec la légalité. Mais depuis qu'il le connait il ne l'a jamais vu avec une aussi sale gueule, il doit forcer sur les amphètes en ce moment.

— Il s'est passé quoi ?

— Salut Santa. Overdose.

— Grave ?

— Mort.

Difficile de faire plus grave.

—Je pense que la came vient de chez une gonzesse qui s'est fait saigner hier soir rue Myrha.

Ce que Santa a failli dire c'est : "merde ! Nevada ?", mais il choisit une autre option, plus prudente.

— Ah bon ? Comment tu sais ça ?

— Un indic.

— Et c'est quoi le rapport avec la fille ?

Carlos manipule le sachet bleu.

— C'était la nourrice.

Santa prend un gros uppercut, qu'est-ce que c'est que ce merdier ? Nevada nourrice ! Fuck ! Réfléchir, se concentrer, ne pas s'agiter pour ne pas laisser paraître sa stupéfaction. Si Nevada ne lui en avait jamais parlé c'était sûrement pour qu'il ne se retrouve pas en porte-à-faux avec les stups, pour qu'il n'ait pas à couvrir un dealer. Il comprend maintenant pourquoi elle avait prévu de se tirer et aussi pourquoi elle en avait les moyens.

— Le mec qui vend cette came a sûrement buté la fille.

— On sait qui c'est ?

— Presque. Un rouquin avec une gueule de boxeur.

Second uppercut, ces coups-là vont malheureusement souvent par deux. Tyson aurait buté Nevada pour lui piquer la came et la revendre, ça lui paraît impossible, il connait bien le môme ils se croisent souvent au 10, toujours souriant, à fond dans son sport, un de ceux qui ne posent pas de problème.

Quoi qu'il en soit il doit tirer ça au clair, il va aller lui rendre visite tout de suite.

CHAMBRE DE BONNE

Oualid et Mouss sont déjà en train de monter l'escalier du 10. Ils ont pas mal d'avance sur Santa et c'est tant mieux pour eux, parce que Mouss progresse lentement, il paye ses mauvaises habitudes alimentaires.

— Putain la vie de ma reum, même dans ma téci y'a des ascenseurs !

Arrivés au septième ils débouchent dans un petit couloir, les portes des chambres de bonne sont alignées, toutes identiques.

— C'est laquelle ?

— J'en sais rien gros.

Faute d'information fiable ils enclenchent la méthode bourine, les essayer toutes, et l'une des premières s'ouvre. Mouss essaye d'entrer discrètement mais ses cent-vingt kilos ne risquent pas de passer inaperçus dans un sept mètres carrés. L'occupant de la piaule, qui dormait, se fait la peur de sa vie.

— Oh ! C'est quoi ce bordel, d'où tu rentres chez oim toi !

— Désolé frère, je me suis trompé, je cherche la piaule du boxeur.

Dans ces vieux immeubles les murs ne sont pas beaucoup plus épais que du papier à cigarette alors tout l'étage en profite. Tyson ouvre un œil, et tend l'oreille.

— Le rouquin.
— Tyson ?
— Ouais, Tyson c’est ça !
— C’est la dernière à droite.

Lorsqu’il entend son prénom Tyson saute de son lit et ouvre doucement sa porte, il voit un obèse qui avance vers lui, il croit même apercevoir un deuxième mec derrière lui. Le gros l'interpelle.

— Ah Tyson c’est cool !

Mous vient de tenter un bluff, il prie pour que la ruse lui donne le temps d'atteindre la piaule. Tyson ne comprend pas bien ce qui se passe, il regarde les deux mecs avancer. Il ne les reconnaît pas mais il sait que son cerveau est encore un peu comateux, alors il les laisse gagner quelques mètres. C'est lorsqu’il voit Mouss mettre discrètement sa main dans son dos qu'il a le déclic. Son instinct de survie s’enclenche, l’adrénaline inonde son corps, comme sur un ring. Ses gestes passent en mode automatique, claquer la porte, tourner le verrou, ouvrir le vasistas, s’y engouffrer avec l’agilité d’un chat, et courir. De son côté Mouss a été moins rapide, il a sorti son flingue et s'est aussi mis à courir, pas super vite, et comme il prend quasiment toute la largeur du couloir, Oualid a piétiné derrière. Par contre la porte ne les retarde pas, il l’enfonce d’un seul coup d’épaule. À l’intérieur il repère tout de suite le vasistas ouvert, c'est pas dur, mais abandonne tout de suite l’idée de s'y glisser. Oualid y passe la tête, constate que le toit est désert et ça le rend dingue, il hurle.

— Je vais te fumer enculé !

Mouss est totalement essoufflé, il s'assoit lourdement sur le lit pendant que Oualid se met à fouiller la chambre frénétiquement. Il le regarde faire, il retourne tout. Décidément ce mec n'est pas fait comme lui, avant de tout casser lui aurait observé. Il est vrai que son obésité ne l'incite pas à s'agiter mais ce n'est pas pour cette raison qu'il analyse toujours la situation avant d'agir. C'est son mentor qui l'a formé comme ça, quand il a commencé à chouffer à huit ans. Même si le gars est mort très jeune d'une balle dans le dos, il s'en inspire toujours. Heureusement que Oualid ne compte pas bosser avec lui sur le terrain, ils auraient fini par se mettre sur la gueule. La fouille ne dure pas longtemps, il fallait s'y attendre, sept mètres carrés c'est vite retourné. Face à l'air dépité de Oualid, Mouss prend la main.

— À mon avis la came elle est pas là frère.

— Ah bon ?

— Y'a rien pour peser, y'a rien pour couper, ça va pas.

— Pas faux.

— C'est sûrement lui qui a le matos sinon il se serait pas cassé comme un voleur, mais il a dû le planquer ailleurs, cette piaule tu la retournes en deux minutes.

Oualid sort son téléphone, touches, bips, menus déroulants, agitation frénétique des pouces.

Pendant ce temps-là Mouss observe la piaule. Il remarque les photos épinglées au mur, deux thèmes ont le monopole : le Bare-Knuckle et une jeune et belle maghrébine. L'association est déroutante, les visages en sang et le sourire radieux de la petite détonnent. Il décroche une des photos et la retourne : "Je t'aime mon amour", signé « Djamila ».

Oualid s'excite.

— Ouais Hamid c'est oim, faut remettre des chouffes rue Myrha.

— *Wallah vous savez pas ce que vous voulez, je vais passer pour un baltringue oim !*

— Tu sais quoi ? Moi c'est ma peau que je risque ! Alors tu réfléchis pas et tu m'obéis !

Mouss lui tend la photo, il la regarde avec attention: Tyson et Djamila sont bras dessus, bras dessous, devant un grand panneau sur lequel est inscrit "Lycée Technique Jean Renoi", l'épaule de Tyson masque le "R".

— *Qu'est-ce qui t'arrive Oual' ? Pourquoi tu me parles com'aç ?*

— Excuse petit frère. Tout va bien, je sais où le trouver.

Il raccroche et regarde Mouss, il doit reconnaître que ce mec est doué, peut-être trop, il faudra quand même qu'il s'en méfie quand ils auront enclenché le business. En attendant il lui est extrêmement reconnaissant, mais pas question de lui donner trop d'importance.

— Bien ouéj gros.

Tyson trouve que le zinc des toits de Paris est bien froid sous ses pieds nus, encore heureux qu'il se soit couché en pantalon de survêtement sinon il se gèlerait les couilles en plus. En revanche il prend la décision de toujours dormir avec au moins un tee-shirt à partir de maintenant, parce que torse nu ça caille grave.

Iman souffle enfin. Cette piaule est loin de l'idée qu'on peut se faire d'un havre de paix ou d'un cocon douillet mais c'est tout ce qui lui reste et elle s'y sent au moins en sécurité.

Elle a enfilé le long tee-shirt dans lequel elle se sent bien, celui avec le smiley jaune qui tire la langue, celui qu'elle portait souvent au 10 parce qu'elle se foutait que Nevada la voit toute plate, parce qu'elle savait, avec Santa ils étaient même les seuls à savoir. Elle transvase consciencieusement le contenu de son soutif dans des paquets de coton, dissimuler les sachets bleus est devenu facile maintenant qu'elle a chopé la technique.

Elle regarde le sac plastique blanc posé sur le lit. Un sac plastique comme seule échappatoire, comme seul espoir, elle pense aux SDF gardant les leurs auprès d'eux comme des trésors. Passer d'une misère à une autre avec à chaque fois l'espoir qui se profile entre les deux, c'est l'histoire de sa vie. De l'orphelinat rwandais à Paris : l'espoir. De la chambre cinquante-quatre aux cent mètres carrés de la rue Myrha : l'espoir. Des trottoirs de Clichy à Lisbonne : l'espoir. Le bout du tunnel s'obstine à ne rester qu'une illusion. Sa force c'est qu'elle a appris à encaisser les coups, qu'elle se battra quitte à en crever, parce qu'elle n'a rien à perdre.

Le téléphone de la chambre sonne. Après tout ce qui vient de lui traverser l'esprit elle se dit que c'est peut-être Dieu, Allah ou peu importe qui lui envoie un signal. C'est Amobé.

— *Y'a un mec qui demande après toi.*

— Quel genre ?

— *Rouquin.*

— J'arrive dans cinq minutes.

Elle remplit rapidement les bonnets d'un soutien-gorge avec du coton, pour repasser en mode grosse poitrine, et enlève son tee-shirt. Sa poitrine est un champ de cicatrices, elle n'a même plus de tétons.

Pendant un quart de seconde elle aperçoit son image dans la petite glace de l'armoire et elle détourne instantanément son regard pour éviter la montée de larmes. Un jour elle se payera des nouveaux seins, c'est pas négociable.

Elle arrive à la réception son sac plastique à la main. Tyson est pieds nus, torse nu, en sueur mais tremblant de froid, l'air totalement flippé. La gueule du message divin ! Elle pose le sac sur le comptoir et le pousse vers Amobé. Elle est inquiète, pas besoin d'être devin en voyant Tyson pour comprendre que quelque chose a mal tourné.

— Viens.

Ils montent le petit escalier jusqu'à la cinquante-quatre, elle s'assoit sur le lit, prête à affronter l'ouragan qu'elle voit poindre dans les yeux de son pote.

— Y'a deux mecs qui ont déboulé chez oim ! Ils avaient des flingues, ils voulaient me buter ! C'est quoi ce merdier putain ? Dans quelle merde tu m'as foutu bordel de merde ? J'arrête tout et tu te démerdes pour que tout Barbès soit au courant sinon je balance tout aux keufs !

— Pas de problème, pas de problème, t'inquiète, je vais dire à mon client qu'on arrête tout, il trouvera quelqu'un d'autre, tout va bien je te jure, sur la tête de ma reum. Je veux pas te foutre dans la merde et on va pas se faire buter pour trente mille. Calme-toi. Fais-moi confiance.

Heureusement pour elle, Tyson est un gentil. Elle lui fait son joli sourire, ça l'apaise, être au chaud et en sécurité aussi. Il s'assoit à côté d'elle.

— Y'a un combat au hammam samedi soir et j'ai un entraînement hyper important demain après-midi.

— Je l'appelle demain matin, sûr. Tu pourras y aller, sans problème, j'annule tout... Dors ici ça craint rien.

Elle lui caresse doucement le dos.

— Ça va aller.

HIROSHIMA

Santa tambourine à la porte de la loge, qui s'ouvre plutôt rapidement vu l'heure, il est trois heures du matin.

Manifestement, le concierge dormait. Ses cheveux sont tout aplatis sur un côté, ses yeux rougis, et il n'arrête pas de déglutir pour décoller sa langue de son palais. Santa comprend aussi très vite que c'était dans son fauteuil qu'il dormait, car il est encore habillé (le marcel étant considéré chez lui comme une tenue de ville) et que la télé est restée allumée sans le son. Patrick peine à articuler une première phrase, pourtant simple.

— Putain c'est quoi ce bordel merde ?

Santa aussi a les yeux vitreux et la bouche pâteuse. Il sait qu'il devrait se calmer sur la Dexé parce qu'avec les deux qu'il vient d'avaler ça fait six en vingt-quatre heures et c'est trop, son cœur a du mal à suivre et son discernement aussi.

Sa dépendance ne date pas d'hier, elle s'est installée progressivement dans sa vie. Insidieusement au début, à essayer de combiner le travail de nuit et la vie de famille de jour, puis très clairement à la naissance de Lucas, quand les choses ont empiré. S'occuper d'un nouveau-né à presque cinquante ans est déjà une épreuve, mais c'est surtout le contraste avec son boulot qu'il n'arrivait plus à gérer. Passer d'une fille au corps couvert de brûlures, qui vient de se faire casser la mâchoire à coups de poings, à des problèmes pédiatriques était au-dessus de ses forces. Il n'arrive pas à faire semblant et Mathilde le sait, elle sait aussi qu'il aime son fils, et qu'il mène une double vie. Et elle en souffre. Elle doit malgré tout croire encore à leur histoire puisqu'elle continue de lui rentrer dedans à coups de griffes, pour qu'il réagisse, ça doit être sa façon à elle de l'implorer de rester. Elle souffre, c'est ça.

Nevada, elle, avait réussi à lui faire réduire sa consommation, parce qu'avec elle tout était simple. Elle ne désirait pas qu'il change, un noctambule de la BRP ça lui allait, ils avaient la prostitution comme centre d'intérêt commun si on peut dire. Lorsqu'elle avait pris la décision de partir pour Lisbonne aussi, tout avait été simple. Elle aurait aimé qu'il la suive mais elle ne lui mettait aucune pression, elle ne sortait pas les griffes, elle comprenait la difficulté du choix qu'il devait faire, elle ou son fils, et elle ne lui aurait jamais rien reproché s'il ne l'avait pas suivie. Il sait tout ça.

Les évènements viennent à la fois de décider à sa place pour le Portugal et de lui remettre le pied à l'étrier des amphètes, de toute façon il n'a rien trouvé de mieux pour pister un assassin jour et nuit. D'ailleurs les deux derniers cachets font le job, il est à bloc !

— C'est laquelle la piaule de ton fils ?

— Qu'est-ce que tu lui veux à Tyson ?

— Il est en train de déconner, faut que je lui parle.

— Il a un gros combat samedi, faut le laisser dormir.

— Dis-moi sinon je défonce toutes les portes du septième.

— C'est toi qui es défoncé.

Patrick l'attrape par le bras et essaye de l'attirer dans la loge.

— Allez, viens boire un coup.

Santa dégage sèchement son bras et s'enfonce dans le hall.

— Arrête, merde ! Dis-moi ce qui se passe !

— Il se passe qu'y a un rouquin avec une tronche de boxeur qui vend de la came ultrapure et qu'y a déjà un tox sur le carreau. T'en connais beaucoup des rouquins avec une tronche de boxeur dans le quartier ?

— Qu'est-ce que c'est que ces conneries ?

Patrick lui emboîte le pas, c'est quoi ce merdier ? Santa ne peut pas penser que Tyson deale, il le connait bien, il le croise tellement souvent depuis qu'il est avec Nevada. Il sait que son môme ne vit que pour la boxe, jamais un écart, jamais un excès, bouffe équilibrée tout ça, et jamais une goutte d'alcool (un exploit avec le père qu'il a, Patrick est lucide là-dessus). Ça n'existe pas un dealer qui se couche à vingt-trois heures tous les soirs, rincé par le sport.

Mais au fond Patrick n'est pas vraiment inquiet, il est persuadé que tout ça va s'arranger car, non seulement les deux hommes se connaissent bien mais ils se respectent. Il a toujours soigneusement évité les sujets de moralité du genre " comment c'est possible qu'un flic soit avec une pute", il est un peu de la vieille école, et il ne remue la merde que quand c'est nécessaire. Il faut dire que ce n'est pas vraiment dans son intérêt de remuer quoi que ce soit, parce qu'il se traîne aussi quelques casseroles, dont Santa doit avoir eu vent. Nevada lui a forcément parlé des commissions qu'il prélève sur les loyers. Il considère d'ailleurs qu'elles ne sont pas si élevées que ça compte tenu de la difficulté à trouver un appart' aujourd'hui, surtout quand on n'a pas de boulot déclaré, des papiers mal contrefaits, et que l'appartement sert d'hôtel de passe à mi-temps. Les proprios sont contents parce qu'il s'occupe aussi de prélever les loyers, en liquide, et de virer les locataires au pied levé si besoin, car il a toujours quelques copains Yougoslaves qui veulent bien aider en cas de litige. Il se considèrerait presque comme un agent immobilier, mais façon Barbès.

Dans tous les cas Santa ne risque pas de le dénoncer parce que Patrick était là le jour où Salpieri s'est fait buter, le cadavre du flic avait été retrouvé rue Polonceau, mais lui avait nettement entendu les coups de feu dans les étages. Et Nevada était chez elle à ce moment là puisqu'il l'avait vue passer avec Iman emmitouflée dans une couverture juste après. Il sait aussi qu'elle avait été soupçonnée, parce qu'il était aussi là quand la crim' était venue la serrer, et bizarrement c'est Santa qui lui avait fourni un alibi : il avait affirmé qu'il l'interrogeait dans son bureau au moment du meurtre. Mon cul ! Mais il n'a jamais mis le sujet sur le tapis, vieille école.

En passant devant l'appartement de Nevada, Santa remarque les scellés arrachés. Il sort son flingue et essaye d'ouvrir la porte, fermée à clé. Patrick arrive péniblement au palier du cinquième, décidément sa santé ne fait pas envie, il n'est pourtant pas si vieux que ça, cinquante-et-un ans. L'alcool, les gitanes, les journées passées devant la télé à ruminer la mort de Bella et à maudire les immigrés lui en font paraître au moins dix de plus, l'aigreur doit faire vieillir encore plus vite que le travail de nuit.

— Putain d'escalier, faut que je ralentisse la clope.

— Ouvre.

Le concierge sort son trousseau de clés.

— Iman est venue avec deux mecs tout à l'heure, je dormais pas, je les ai vus passer. Par contre je sais pas quand ils sont repartis, je me suis endormi au milieu.

Santa entre. Hiroshima! L'appartement est retourné. Il fait rapidement le tour des pièces, cette putain de tache de sang n'a toujours pas été nettoyée, l'image de Nevada allongée au centre du tapis ressurgit et ça lui arrache le cœur. Il redémarre. Le concierge lui court après, scotché par l'état de l'appartement.

— Qu'est-ce que c'est que cette merde ?

— On monte.

Patrick n'arrive pas à suivre, il souffle toujours plus. Santa l'attend mais s'impatiente, et en arrivant sur le palier il regrette, la chambre de Tyson n'était pas difficile à trouver, c'est la seule qui est ouverte avec le verrou arraché. Il n'aurait pas dû s'arrêter à la loge et surtout, il est vexé d'avoir été devancé par quelqu'un d'autre. Il tend son flingue, on ne sait jamais, et allume la lumière. Hiroshima again. Patrick finit par arriver en traînant la patte et s'appuie contre le mur en découvrant la chambre.

— Tu m'expliques ce qui se passe ?

— Nevada planquait de la came chez elle pour un dealer, et apparemment il a compris que c'est Tyson qui essaye de la vendre. Je donne pas cher de sa peau.

Les yeux de patrick implorent Santa.

— Faut que tu l'aides.

— Faut surtout que je le trouve vite et qu'il m'explique.

L'état de la piaule prouve que le môme ne doit pas être si innocent que ça. Il lui montre son flingue.

— Si il l'a butée je lui mettrai une balle dans la tête.

Le concierge devient tout rouge.

— Si tu touches à Tyson je balance tout ce que je sais sur toi mon pote !

— Moi aussi je peux balancer sur toi.

— Putain ! Tu deviens complètement taré avec tes cachetons !

— Je t'emmerde ! T'as vu ta gueule d'alcoolo !

— Tu me fais pas peur, négro !

Santa lui enfonce le bout de son canon sous le menton. Les deux hommes se défient du regard, injecté de sang côté Santa, jaune vitreux côté Patrick. Les limites de la vieille école viennent d'être franchies.

— Putain vous allez me faire chier toute la nuit ou quoi !

C'est l'homme qui a été dérangé par Mouss une heure plus tôt, il vient d'apparaître dans l'encadrement de la porte, remonté comme une pendule. Apparemment il ne s'attendait pas à une telle scène, ça se lit sur sa bouche bée, le flingue a été super efficace comme calmant.

— Désolé !

Santa baisse son arme et sort sa carte.

— Police dégage connard !

Il se dirige vers le mec, qui fait demi-tour et court vers sa chambre, il préférait encore l'obèse.

— C’est bon j’ai rien vu, j’ai rien vu !

Santa laisse tomber. Patrick se met à tousser, il s’assoit sur le lit, il s’étouffe à moitié, il n’est plus habitué à s'énerver comme ça. Les deux hommes s'observent, l'adrénaline est retombée, la colère n'y est plus. À cet instant leurs pensées semblent se confondre : ils ont tous les deux perdu l'amour de leur vie, ils sont tous les deux à la dérive, ils se comprennent.

— Excuse-moi, j’ai pas dormi depuis deux jours.

— Il touche pas à la came, il boxe.

— Je sais, mais faut que je le trouve.

Santa repère un téléphone portable, à peine visible sous le lit. Il le ramasse.

— C’est le sien ?

— Oui.

— C’est quoi son code ?

— Essaye 2702.

Ça marche, heureusement que Patrick se rappelle encore de la date de naissance de son fils, Santa le met dans sa poche. Il ramasse aussi une photo par terre, « Je t’aime mon amour » signé « Djamila », les deux ados sont bras dessus bras dessous devant leur lycée. Il la lui tend.

— Elle est jolie sa copine.

— Il m’a même pas dit qu’il a une gonzesse ce con.

Patrick saisit la photo, fier, et découvre Djamila.

— Putain une bougnoule, tu m'étonnes qu'il m'a rien dit.

Santa sourit puis regarde sa montre, même s'il sait qu'il a peu de chances de dormir à cause des cachets, il se sent épuisé.

— Je pourrais dormir une heure ou deux chez toi ?

— Tu peux même prendre une douche si tu veux.

PETIT DEJEUNER

Santa a envoyé un texto à Iman, pour lui dire qu'il prend son petit déjeuner "Chez Momo", juste à côté du Modern. Elle a bien sûr compris qu'il voulait lui parler. Il est tôt pour elle, onze heures cinquante-neuf, c'est carrément le matin.

Elle s'est habillée en vitesse et en silence, pour ne pas réveiller Tyson qui fait la grasse matinée de sa life. Ils se sont endormis rapidement après la crise qu'il lui a faite cette nuit, les émotions de la veille les avaient vraiment assommés. Elle n'a évidemment pas pensé à le réveiller pour qu'il aille en cours, son dernier jour d'école remontant à beaucoup trop loin pour qu'elle ait encore ce genre de réflexe.

En sortant elle a salué Amobé qui lui a fait une drôle de tête, en tout cas pas l'habituelle. Soit il a remarqué que sa vie s'est un peu modifiée depuis deux nuits, soit c'est parce qu'il la voit démaquillée pour la première fois. C'est vrai que d'habitude il ne la croise qu'en tenue de travail, et qu'elle fait vraiment dix ans de moins sans artifices, au point de pouvoir douter de sa majorité. C'est peut-être aussi pour les deux raisons à la fois, en tout cas Amobé est tout chamboulé, il en aurait presque mauvaise conscience.

Elle rejoint Santa, assis à une table à l'extérieur, devant un petit déjeuner, croissants et tout. Lui, la voyait souvent démaquillée chez Nevada. Et, au naturel, il a presque tendance à la considérer comme sa fille. Il essaiera de trouver des solutions pour elle quand il aura trouvé l'assassin, et qu'il l'aura buté. Elle s'assoit à côté de lui et le regarde dévorer, ça la rassure de le voir comme ça, avec une mine presque normale.

— T'as fait une grasse mat' ?

— J'avais du sommeil à rattraper.

Contrairement à ce qu'il pensait, chez Patrick il s'est endormi tout de suite. Il était vraiment au bout de ses forces lui aussi. Trente-six heures sans dormir ont suffi à le rincer, il vieillit.

En tout cas les cinq heures de sommeil lui ont redonné de l'appétit, il mord dans son croissant, sa phrase y perd un peu en compréhension, à l'oral.

— Tu vois qui c'est Tyson ? Le rouquin qui fait de la boxe.

— Le fils du concierge ?

— C'est ça. Il s'est foutu dans une grosse merde.

— Ah bon ?

— Il essaye de vendre de la came qui lui appartient pas.

Merde ! Santa est déjà sur le coup alors qu'elle a filé l'échantillon à Tyson hier après-midi. C'est un putain de bon flic ! Elle doit vite faire un choix: lui mentir ou non. Et chacun sait que l'urgence est rarement propice aux meilleures décisions. Elle prend un air sidéré.

— Mais non !

— Si. Et la came était planquée dans votre appart'.

Merde, merde, calme Iman, calme.

— Hein ?

— T'étais avec qui cette nuit dans l'appart' ?

Oh putain, il sait vraiment beaucoup de choses. Qu'est-ce qu'elle fait ? Elle balance tout ? Cela dit, s'il pense que c'est Tyson qui a la came c'est tant mieux pour le moment, car elle n'a aucune envie qu'il sache que c'est elle qui fout tout ce bordel, pas tant qu'il est sous le choc, elle passerait pour une charogne à ses yeux, ce qu'elle n'est pas, pas vraiment, enfin elle a des excuses surtout, elle n'a plus rien. Elle a vraiment intérêt à le garder de son côté, et pour ça elle n'a pas d'autre choix que de lui révéler une partie de la vérité.

— Deux mecs. Ils m'ont emmenée au 10 pour que je leur ouvre l'appart'. Un vénère qui s'appelle Oualid, et un gros qui s'appelle Mouss. Ils ont tout fouillé et puis ils ont reçu un coup de fil et ils se sont barrés direct.

— Ils ont trouvé ce qu'ils cherchaient ?

— Je crois pas.

Santa finit tranquillement son croissant.

— Hum. Tu savais que Nevada servait de nourrice ?

— Non, sinon je leur aurais filée la came et c’était fini.

Trois mensonges en trois minutes, un par minute, elle doit être en train de battre son record. Mais mentir au mec qu’elle respecte le plus sur Terre la fait vraiment culpabiliser. Pourquoi ça tourne mal dès qu’elle fait un choix ?

— Ils t’ont cognée ?

— Non mais c'est pas passé loin, c’est le coup de fil qui m’a sauvée.

Le téléphone de Santa sonne, simple concours de circonstances. Il se dit que ce truc-là sonne tout le temps quand ça fait chier, elle se dit le contraire. Il regarde le numéro, ce n’est pas une priorité, il rejette l’appel.

— Il me saoule celui-là.

— C’est qui ?

— Le remplaçant de Jeannot.

Simon, l’occasion est trop belle de changer de sujet, elle le remercie par la pensée.

— C’est marrant il est venu me voir.

— Ah bon ?

— Il te cherchait, il avait peur que tu fasses une connerie.

— Ah, ah. Il est jeune, il croit encore au bien et au mal. On en reparle dans six mois.

Dans six mois. Où sera-t-elle dans six mois ? Comme si elle avait déjà eu une seule fois dans sa vie une vision à six mois. Le visage de Simon lui revient en mémoire, finalement il est plus facile à manœuvrer que Santa.

— Ça fait deux fois qu'il vient me voir, j'ai l'impression qu'il me colle un peu, remarque il est beau gosse.

Santa sourit. C'est sûr qu'une pipe lui ferait du bien à Simon, surtout une de professionnelle, il ne doit pas connaître, mais c'est pas le moment de se laisser distraire.

— Si tu me caches quelque chose je le saurai.

La diversion n'a pas fonctionné, c'est bien un putain de flic, et obsédé par son enquête. Alors elle essaye d'être crédible, de jouer son meilleur rôle, légère et détachée.

— Je te jure que non.

— S'il a la came de Nevada il va être inculpé du meurtre.

Oups, elle se sent vraiment mal. Santa l'observe, elle le sait, elle gigote instinctivement, bizarrement son cul vient de se désadapter de la chaise. Lui avale une gorgée de café, il fait beau, il fait jour et les amphètes ne lui manquent pas encore. Il sent bien qu'Iman est mal à l'aise mais il ne comprend pas pourquoi. Il remet une dernière couche.

— Remarque ça vaut peut-être mieux pour lui d'aller en taule que de tomber sur le mec à qui la poudre appartient.

Il faut vraiment qu'elle parle à Tyson avant que Santa ne le trouve, il suffirait pour ça qu'elle puisse remonter dans la chambre. Pourvu d'ailleurs qu'il ne décide pas de la rejoindre pour le petit déjeuner. Ce qui est sûr, c'est qu'elle aimerait vraiment écourter cette conversation.

ENLÈVEMENT

La sonnerie du lycée retentit, un flot cosmopolite d'élèves envahit la cour et se dirige vers la grande grille, c'est la sortie de midi. Djamila est entourée de quelques copines. Elle vérifie que Tyson n'est pas venu la chercher, on ne sait jamais. Elle le fait aussi discrètement que possible parce qu'elle a passé la matinée à leur expliquer pourquoi et comment elle l'a jeté hier après-midi comme une merde. C'est pas tout à fait vrai, mais ça lui a fait du bien.

Apparemment, il n'est pas là, c'est plus simple. Elle quitte le groupe et remonte le trottoir. Elle ne l'a pas croisé au Lycée ce matin. Est-ce qu'il est avec la pute ? Est-ce qu'il a passé la nuit avec elle ? C'est pas son genre cette meuf, c'est impossible. Ça doit être parce qu'il est trop fier, c'est pour ça qu'il ne veut pas revenir trop rapidement vers elle, il la fait mariner un peu mais il va lui donner des nouvelles, elle en est sûre.

Un sénégalais obèse au visage poupon la sort de ses pensées.

— Djamila ?

— Ouais.

— C'est Tyson qui m'a demandé de venir.

Elle savait bien qu'il allait lui donner des nouvelles.

— Pourquoi il était pas au bahut ce matin ?
— Justement, c'est ça qu'y veut te parler.
— Qu'est-ce qu'il a ?
— Une galère avec son daron, y veut que tu le retrouves rue Myrha.
— Ok j'y vais.
— J'ai ma caisse, si tu veux je t'amène. Elle est juste là.
Jamais elle n'aurait suivi un mec sans le connaitre, mais si le père de Tyson est malade ou un truc comme ça, elle doit quand même faire un geste, une solide relation de trois mois ça se respecte.
— Cool. Je l'appelle.
Ils remontent quelques mètres de trottoir pendant lesquels elle sort son portable et cherche le numéro. La portière d'une voiture est ouverte, Mouss la pousse violemment à l'intérieur. Elle est projetée jusqu'à la porte opposée.
— Aaahhhhh !
Mouss monte à l'avant, active le verrouillage centralisé et démarre. Personne n'a rien vu, et Djamila rien vu venir.
Elle est allongée sur la banquette arrière et elle se frotte la tête, ça saigne un peu mais ça n'a pas l'air grave. Sur le deuxième siège à l'avant se trouve un maghrébin plutôt fin, qui se tourne vers elle en exhibant ostensiblement un gros calibre. Il prend un air cador.
— Normalement, je vais pas te faire mal.

Ça doit quand même vouloir dire qu'elle est dans la merde. Pas besoin d'avoir totalement repris ses esprits pour faire cette déduction.

— En vrai ça dépend pas de toi, ça dépend de Tyson. C'est bien ton mec Tyson, Djamila ?

— Euh...

— T'emmerde pas à mentir, si j'étais pas sûr tu serais pas là. C'est ton mec ?

— Oui.

— Ben voilà !

— Mais on est séparés depuis hier.

Putain ! Oualid se demande pourquoi rien ne se passe plus comme prévu depuis deux jours. Ses plans étaient limpides, c'était facile. Il écoulait ses trois derniers kilos et l'affaire était réglée, il partait se dorer le fion au soleil et basta. La décision d'enlever la gamine aussi était bonne ! Sa meuf contre la poudre ça marche forcément ! Et putain ils sont plus ensemble ces cons là ! Qu'est-ce qu'il a fait pour mériter ça ? C'est forcément Allah qui lui envoie un signe, il faut qu'il soit prudent.

En y réfléchissant bien, il se dit que Tyson devrait quand même flipper pour la petite, même s'ils viennent de se séparer. Il ne doit pas lui en vouloir au point de souhaiter sa mort, ce fils de pute. C'est ça qu'il doit faire, la menacer de mort. Ça, ça marchera. Il s'aperçoit que Djamila essaye de ramasser son téléphone discrètement.

— Vas-y ! Ramasse ton phone.

Elle se demande si c'est du lard ou du cochon, ce qui ne la tente dans aucun des deux cas. Alors "ramasse ? Ramasse pas ?".

— Franchement vas-y, je vais rien te faire.

Djamila, le ramasse doucement.

— Maintenant tu vas appeler Tyson, tu lui dis que tu vas bien et tu me le passes. J'avais pas son number.

Oualid est content de sa blague de gangster, enlever quelqu'un pour avoir un numéro de téléphone. En quête de la reconnaissance due à un grand humoriste il regarde Mouss, qui se marre, c'est qu'elle était drôle, alors il rit aussi. Djamila non.

À la terrasse de "Chez Momo", Iman est en train d'avaler une gorgée de thé lorsqu'elle entend la musique de "Rocky" sortir de la poche de Santa. Elle reconnait tout de suite cette sonnerie, c'est celle que Tyson a affectée à ses contacts favoris. Manque d'originalité évident pour un boxeur. Santa voit "Djam" qui s'affiche sur l'écran, il décroche.

— *Tyson ?*

— Djamila ?

— *C'est qui ?*

— Peu importe.

Djamila met sa main sur le micro du téléphone.

— C'est pas Tyson ! Je lui dis que je vais bien ?

— C'est qui ?

— Il a dit “peu importe”.
Oualid lui arrache le téléphone des mains.
— C’est qui ?
— *Tu me connais pas. Mais toi, tu dois être Oualid.*
Oualid est bluffé.

Iman repose sa tasse, elle n’a pas encore tous les éléments pour analyser la situation, mais ce dont elle est certaine c’est que c’est Oualid au téléphone, et donc que ça pue. Elle observe Santa, dans l’espoir de découvrir les détails qui lui échappent encore.

Dans la tête du flic les idées défilent. Quand il a trouvé la photo de Tyson avec la petite, il a tout de suite pensé qu’elle était en danger. Les gars qui venaient de dévaster la piaule allaient certainement aussi se mettre sur sa piste, elle devenait un moyen d’atteindre Tyson. Il s’était dit qu’il fallait la prévenir, la mettre à l’abri si possible, mais les amphètes avaient vite ramené son cerveau à son obsession, celle de trouver le tueur. Il avait zappé, puis il avait dormi, et maintenant il est trop tard. Il s’en veut.

Où était-il quand Nevada est morte ? En patrouille. À l’époque de Jeannot il passait la voir systématiquement en début de service, mais plus depuis Simon, impossible de lui révéler leur liaison aussi vite, avec sa morale à la con. Il se dit que c'est peut-être parce qu'il n'a jamais vraiment assumé leur relation qu'elle est morte. S’il s’était installé chez elle, s'il avait tout de suite dit oui pour Lisbonne. La voix de Oualid le sort de ses pensées.

— *Passe moi Tyson.*

— Je sais pas où il est Tyson. Mais si tu touches à un cheveu de sa gonzesse je te retrouverai et je te buterai.

— *Je t'emmerde enculé ! Si dans une heure il m'a pas rendu ce qu'il m'a braqué je vais lui arracher la tête à sa gonzesse. Wallah ! Dégage !*

Dans la voiture Djamila se prend le téléphone en pleine tête. Et celle de Oualid reprend des tours, encore un truc qui merde ! C'est même pas Tyson qui répond sur son putain de téléphone. C'est ingérable ce merdier.

À "La Pause Kebab" Iman se mord la lèvre inférieure et Santa le remarque.

— T'as capté ?

— Un peu. Pourquoi t'as le téléphone de Tyson ?

— Je t'expliquerai plus tard. Là y'a une urgence. Sa gonzesse est dans la merde. Elle va se faire défoncer.

Santa rappelle le dernier numéro.

Des larmes commencent à couler sur les joues de Djamila, parce qu'elle vient de réaliser qu'elle risque de se faire arracher la tête si Tyson ne rend pas à ces mecs ce qu'il leur a piqué, elle voudrait bien savoir ce que c'est d'ailleurs. La musique de "Rocky" qui retentit dans sa main l'empêche de pousser sa réflexion plus avant. Tyson l'avait convaincue d'associer la même sonnerie que lui à son numéro, en guise de symbole de la solidité de leur relation. Ça n'a malheureusement pas suffi à la préserver de leur engueulade.

Oualid lui fait comprendre d'un levé de menton qu'il veut savoir qui c'est.

— Tyson.

Oualid lui prend le téléphone des mains.

— Allô ?

— *Tu t'es tellement énervé que j'ai pas pu me présenter, c'est pas correct. Je m'appelle Santa.*

Il aurait préféré que ce soit Tyson.

— Qu'est-ce que j'en ai à foutre ?

— *Je suis le mec de Nevada.*

— Ah.

— *Et je suis flic. En fait on cherche le même mec tous les deux.*

— Qu'est-ce que tu proposes ?

— *Que si tu le trouves tu le défonces pas avant que j'aie pu lui parler. Et que si c'est moi qui le trouve je le défonce pas avant qu'il t'aie rendu ta came. Ça te va ?*

— Ça me va.

— *Oublie pas que si t'abîmes la petite, ça tient plus.*

Oualid raccroche et regarde Mouss.

— Nevada elle était avec un flic, tu le crois ça ?

— Au moins la came risquait rien chez elle.

— C'est sûr.

— Il veut qu'on l'appelle si on trouve le rouquin et lui il nous appelle aussi si il le trouve. Il est con ou quoi ?

Mouss se demande dans quel merdier il a mis les pieds mais il ne s'inquiète pas, il n'a pas finalement grand-chose à voir avec les embrouilles de Oualid et, au pire, il quittera le navire avant le naufrage. Il arrête la voiture et se tourne vers Djamila.

— File moi ton code !

— 1234.

Oualid ne comprend pas bien alors il parle bas, pour ne pas que Djamila entende ce qu'il va dire, pour ne pas qu'elle s'aperçoive qu'il n'a pas suivi, pour ne pas mettre en péril son statut de leader.

— Pourquoi tu prends son code, tu veux te servir de son tel?

Mouss lui répond à voix haute, parce qu'il sait que Djamila a forcément entendu la question, et que ça l'amuse de le mettre en porte-à-faux.

— Si l'autre trouve le rouquin il faut qu'on puisse s'appeler, tu vas pas lui filer ton numéro !

Encore une fois Oualid est impressionné. Ce gars-là ne peut que réussir dans la vie.

Côté "Chez Momo" Santa réfléchit. Il sait que Oualid a peu de chances de l'appeler s'il retrouve Tyson, mais il n'a pas trouvé mieux pour essayer de protéger Djamila. Pourvu que l'autre soit assez con pour ne pas s'apercevoir que le marché est totalement en sa faveur. Il écarte les tasses et pose le téléphone bien en évidence au milieu de la table.

— J'ai vu que Tyson t'a envoyé un sms avant-hier, "appelle-moi si t'as besoin" et tu l'as rappelé tout de suite après. Vous êtes potes ?

Iman est à nouveau déstabilisée, putain de bon flic.

— Juste je l'aime bien, on se croise souvent au 10, c'est un vrai gentil ce gars.

— Tu sais pas où il peut être ?

— Ben non !

Allez ! Un dernier mensonge pour confirmer son record, avec le numéro d'acteur qui va bien.

— Je te jure que non, faut que j'y aille.

Santa pose un billet de vingt euros sur la table. Iman se lève et s'éloigne. De dos son cul, de face elle pleure.

Elle entre au Modern et va directement voir Amobé.

— Je peux me mettre dans ton bureau pour passer un coup de fil ?

Il ne peut rien refuser à une fille qui pleure. Elle ferme la porte, le sac plastique blanc est à ses pieds. Pendant que Santa parlait avec Oualid elle a eu une idée. Même si elle commence à connaitre les dangers de la précipitation elle n'a pas d'autre choix que de les braver, il faut bien qu'elle trouve une solution, et vite. Elle sèche ses larmes et sort son téléphone.

— Oualid ? C'est Iman. J'ai retrouvé ta came.

Oualid a le visage qui s'éclaire. Après tout ce merdier le téléphone sonne et tout se règle en trois secondes. De quoi solidifier sa foi.

— Franchement t'es trop forte, je l'ai tout de suite vu hier soir. Elle est où ?

Mouss tend l'oreille. Il n'a presque rien dit depuis qu'ils ont enlevé la petite, il a simplement regardé Oualid gesticuler et l'a écouté gueuler, apparemment pour rien encore une fois.

— *C'est un client à moi, un rouquin, quarante cinquante balais avec une sale gueule, genre boxeur, il vient ce matin et il me sort un sac avec plein de sachets bleus dedans et il fait son cador, genre "quitte ton taf de merde et viens avec moi, y'en a pour cent-cinquante mille dans ce putain de sac".*

— Ah, ah, le Bambi, y'en au moins pour trois-cent mille.

Iman est impressionnée. Le sac plastique vient de voir sa valeur multipliée par dix, c'est de loin la meilleure nouvelle qu'elle ait eue depuis deux jours.

— *Et il est où ce client ?*

— Je sais pas où il habite mais il vient me voir tous les deux ou trois jours. Dès qu'il déboule je t'appelle et je te le garde au chaud.

— *Ça te dirait d'aller vivre au bled dans une baraque avec piscine ?*

— Faut que je réfléchisse.

— *Magne-toi c'est pour bientôt.*

Oualid raccroche et se tourne direct vers Mouss.

— Putain Mouss ! On s'est gouré de rouquin !

— Hein ?

— Iman, elle sait qui c'est qui...

Mouss fait "chut" avec le doigt et désigne Djamila d'un mouvement de tête.

— Qu'est-ce qu'on fait d'elle ?

— On la dégage.

— Descend ! On sait où te trouver. Si tu parles de ça, plus jamais personne te trouvera jolie.

Mouss déverrouille les portes, Djamila descend sans réfléchir, et la voiture s'éloigne.

Sur le trottoir elle reste pétrifiée, incapable de faire un pas. Elle grelotte alors qu'il fait un temps splendide, un filet de sang coule sur son front bleui. La fulgurance de l'enlèvement la laisse en état de choc.

Oualid et Mouss, quant à eux viennent aussi d'établir un record, celui de l'enlèvement le plus court de l'histoire du banditisme, trente minutes clé en main.

VIRAGE

Iman entre brusquement dans la cinquante-quatre. Tyson dormait encore. Plus maintenant.

— C'est bon, j'ai géré, tu peux aller t'entraîner tranquille.

C'est toujours le corps qui se réveille en premier chez Tyson, les muscles, qui dans le cas présent commencent par lui envoyer un message de gratitude, la douce sensation d'une nuit totalement réparatrice. La phrase qu'il vient de percevoir par contre, reste encore floue, car ses premières secondes d'activité cérébrale sont entièrement consacrées à la localisation de l'endroit où il se trouve. La chambre d'Iman, ça lui revient. De la notion d'espace à celle de temps il n'y a qu'un pas, il regarde sa montre, ce qui déclenche immédiatement un enchainement logique mais un peu désorganisé de pensées.

— Merde ! L'entraînement c'est à treize heure le jeudi, j'ai même pas le temps de passer chez oim ! Et j'ai pas été au bahut putain !

Décidément, Iman le trouve touchant. Mais s'il savait quel enfer Djamila vient de vivre à cause d'elle, il lui mettrait sûrement une droite.

— Oublie, on est plus sur le coup. Je vais rendre sa came au gars, il a compris que je peux pas lui vendre. Occupe-toi de ta boxe.

— T'es sûre ?

— Sûre.

— Cool.

— Au fait, si tu croises Santa tu lui dis rien pour la came.

— Le renoi qui était avec Nevada ?

— Ouais.

— Pourquoi il me parlerait de ça il est pas aux stups ?

— Non, mais on sait jamais. Je veux pas d'emmerdes c'est tout.

— No problème. T'aurais un tee-shirt ? Un grand ?

Elle ouvre le petit placard et lui tend le presque plus grand qu'elle ait, elle ne peut pas se résoudre à lui donner le très grand avec le smiley, aucun enfant n'accepterait de donner son doudou.

— Tu vas pas kiffer la couleur mais j'ai pas mieux.

Il enfile le tee-shirt rose et ils se marrent, il est quand même nettement trop petit. Iman regarde ses pieds nus.

— Pour les chaussures, par contre, ça va pas être possible, je fais du trente huit.

Ils rient à nouveau. Ces quelques secondes de joie font un bien fou à Iman. Tyson la regarde rire et se demande par quel miracle il peut encore être indulgent avec elle, il a failli y passer à cause d'elle et voilà qu'elle rit, et qu'il pardonne.

— Je t'en veux pas, mais dès le départ je savais que ton plan il était moisi.

Elle le regarde sortir, avec son tee-shirt rose trop petit, son pantalon de survêtement, ses pieds nus, et elle regrette de l'avoir embarqué dans ce coup. Il est trop gentil pour qu'elle ruine ses projets, et il ne peut pas comprendre ses motivations. Elle doit assumer sa merde toute seule.

Lorsqu'elle se retrouve dans le silence de la chambre elle gamberge. Elle sait très bien qu'elle ne pourra pas affronter Oualid toute seule, surtout s'il est avec le gros. Mais plus que tout elle refuse l'idée de faire une croix sur le pognon, surtout depuis qu'elle connait la vraie valeur du sac. Elle ne peut rien dire à Santa vu le nombre de mensonges qu'elle lui a déjà dits, et elle est certaine qu'il ne sera jamais d'accord pour qu'elle vende la came. Alors elle réfléchit, encore, encore vite, et elle a encore une idée, l'urgence la rend décidément très créative. Il faut qu'elle se mette Simon dans la poche pour qu'il la protège de Oualid. Ça c'est une bonne idée. Elle sort son portable.

— Allô ? C'est Iman.

— *Qu'est-ce qui se passe ?*

— J'ai besoin d'aide.

— *Pourquoi vous appelez pas Santa ?*

— Il en a plus rien à foutre de moi maintenant qu'elle est morte.

Simon se dit que de l'aide ça se négocie, qu'il va pouvoir facilement lui tirer les vers du nez, que son enquête peut finalement avancer plus vite que prévu, que c'est une bonne journée qui s'annonce.

— Ok. Vous voulez qu'on se voie où ?

— *N'importe, dans ta caisse si tu veux.*

— Ça vous dirait un resto ?

— *Putain t'es spécial toi. Si tu me demandes pas en mariage je veux bien.*

Ils se fixent rendez-vous pour le soir même et elle raccroche. Elle va devoir être convaincante, ça devrait être dans ses cordes. Elle se place devant la glace de la petite armoire. Qu'est-ce qu'elle est en train de faire ? Elle sait qu'elle risque gros, qu'elle peut prendre encore beaucoup de coups, mais elle s'en fout. Ça ne sera jamais pire que ce qu'elle a déjà encaissé, et c'est la première fois de sa vie que l'enjeu est de trois cent mille euros.

Elle prend son élan et met un grand coup de tête dans la glace. L'impact est sourd, les stries qui irisent le verre émettent un crissement aigu, et l'afflux du sang qui se met à couler devant ses yeux résonne comme la pulsation d'une grosse caisse dans son crâne.

VERDICT

Tyson et Mohamed, assis sur le banc crasseux, finissent leurs bouteilles d'eau. Samuel est face à eux, il vient d'entamer sa rituelle randonnée d'avant debrief, le silence règne. La pression est tangible, surtout pour Tyson qui espère secrètement qu'il aura changé d'avis pour samedi.

Ce court moment, pendant lequel le temps semble suspendu, est propice à l'introspection, chacun d'entre eux repense à l'entraînement qui vient d'avoir lieu.

Pour Tyson, ça n'a pas été facile de ne pas ressasser les évènements de la nuit, de rendre son cerveau à nouveau disponible pour son sport. Mais après avoir pas mal encaissé il s'est repris, les coups dans la gueule ayant effectué un nettoyage assez efficace de ses pensées parasites. Il a d'un seul coup, un crochet de mémoire, pris conscience de l'enjeu de cet entraînement : faire basculer la décision de Samuel pour le combat de samedi. À partir de ce moment-là il a fait jeu égal avec son adversaire, et ce malgré l'inconfort de sa tenue, les baskets de Mohamed n'étant pas vraiment à sa taille. Il espère que ça aura été suffisant pour faire changer Samuel d'avis, mais il s'en veut. Il regrette de s'être laissé embarquer dans ce merdier par Iman, parce que le coach est en train de le juger sans connaitre le pourquoi du comment de son coup de mou. S'il n'est pas choisi il la pourrira.

Samuel a bien vu que Tyson avait repris du poil de la bête en plein milieu de l'entraînement, après un crochet du gauche pourtant pas si appuyé que ça, mais il n'a aucune confiance en lui en ce moment. Ça le taraude parce qu'il est sûr du potentiel de Tyson, il sait qu'il ira plus loin que Mohamed, mais le môme fait n'importe quoi. La semaine dernière il a raté un entraînement, et aujourd'hui il arrive sans ses affaires, sans chaussures, et avec un tee-shirt de gonzesse sur le dos. Sa vie privée a l'air d'être partie en sucette, et ça c'est pas bon pour le sport. C'est pas lui qui se laisserait emmerder par sa femme, passons. Bien qu'il ait clairement remarqué que Mohamed a un peu retenu ses coups aujourd'hui, il maintient sa décision de le choisir pour le combat de samedi. Sans aucun doute.

Pour Mohamed c'est clair, Tyson n'est pas dans le coup. Il a retenu ses coups mais ça n'a pas suffi, son pote n'a pas réussi à prendre le dessus. Ça le fait vraiment chier de le voir dans cet état. C'est Djamila qui lui vrille le cerveau, c'est sûr. C'est ça aussi de vouloir se taper la plus belle gonzesse du Lycée, c'est forcément des embrouilles, surtout que celle-là a une putain de personnalité. En attendant, il a tout fait pour que Tyson soit pris à sa place, il ne pourra pas lui en vouloir, et a priori Samuel ne s'est aperçu de rien. Mais Mohamed n'a pas fait tout ça par pure amitié, il doit maintenant annoncer la nouvelle à Samuel, avant qu'il commence à parler, ce sera plus simple.

— Je peux pas combattre samedi coach.

— Hein ?

— Je vais être de garde aux pompiers y'en a un qui est malade. Ils m'ont dit que si j'y vais pas je passe pas première classe à la fin de l'année.

— C'est toi qui choisis mon pote.

— Franchement coach, par rapport à mes parents, si je passe pas première classe...

Samuel est dégoûté. Il ne peut pas en vouloir au môme de vouloir faire une carrière en dehors du Bare-Knuckle, mais pompier ! Bien sûr ! C'est utile, mais les gars font de la gonflette et apprennent à descendre le long d'une barre qui leur brûle les couilles, ça fait pas rêver. Du coup samedi ce sera Tyson, qui va perdre c'est sûr. Heureusement il a Fatmir, son meilleur poids lourds, ça compensera.

— Tyson t'es toujours motivé ?

— Grave coach !

— Je vais pas passer pour un con ?

— Carrément pas !

— Tu penseras à prendre tes pompes et ton short ?

Samuel sait que les joues de Tyson vont rosir et qu'il va baisser la tête comme à chaque fois qu'il lui met un taquet. Voilà c'est fait. Il lui tend quand même son gros poing. Check. L'impact agit sur lui comme un bouton "On", la bouilloire se remet en marche, il est train de filer le combat à Tyson alors que le gars est en pleine dérive, c'est du suicide, ça le rend dingue ! Il se retient de ... et merde.

— À samedi.

La porte claque. Les deux ados se regardent et Tyson rend ses baskets à Mohamed. Il a presque envie de l'embrasser tellement il n'y croyait plus. Il adore les pompiers et tout ce qui va avec, les échelles, les tuyaux, les sirènes. Et il adore Mohamed, le mec le plus cool de la terre.

— T'as retenu un peu tes coups non ?

— Un peu. C'est quoi le délire de venir pieds nus ?

— Laisse tomber gros, je me suis barré par la fenêtre cette nuit.

— Putain ! T'arrête pas avec les gonzesses toi !

Tyson lui sourit. Tout lui expliquer serait long et compliqué, et il ne va pas se priver d'un moment de gloire. Peu importe la manière, cet entraînement aura été miraculeux. La suite va être plus compliquée.

Il remonte la rue Myrha le visage marqué par l'entraînement et les fringues auréolées de sueur. Il commence à en avoir raz-le-cul que tout le monde le mate en pensant croiser le seul et unique clochard homosexuel de Paris, un statut social pas évident à assumer dans notre société "moderne" il faut bien le dire. Si jamais un mec se fout de sa gueule il découvrira les joies du Bare-Knuckle. C'est dans cet état d'esprit, pas du tout détendu, qu'il arrive devant le 10 de la rue Myrha, et qu'il aperçoit Djamila, assise sur le trottoir.

— Djam ?

Elle lui saute au cou en larmes. Il caresse la plaie qu'elle a au front.

— Qu'est-ce que t'as ? Tu t'es cognée ?

— J'ai flippé putain, j'ai flippé.

— Mais quoi ? Dis-moi ?

— Y'a deux mecs qui m'ont enlevée ! Ils m'ont balancée dans leur caisse, ils avaient des flingues ! Ils voulaient te parler !

— Quoi ?

— Ils ont dit que tu leur avais piqué un truc et puis ils ont parlé avec un mec, qui a répondu sur ton phone, et puis après ils ont dit "on s'est gouré de rouquin". J'ai rien compris. Ils m'ont braqué mon tel. Pourquoi t'as pas de chaussures et c'est quoi ce tee-shirt de meuf ? C'est à la pute ?

— Tyson !

C'est Patrick qui l'appelle depuis la fenêtre de la loge.

— T'étais où ? Qu'est-ce qui s'est passé là-haut ? Pourquoi t'es habillé comme ça ?

Tyson, panoramique de son père à Djamila. Ok, là c'est la merde !

Gérer Iman, la came, les deux tarés qui ont débarqué dans sa piaule, son père et Djamila, ça fait beaucoup pour son cerveau d'homme. La priorité semble quand même être un rapide changement de fringues, il a besoin de quelques secondes pour prendre la bonne décision.

— Heu...

— Elle, je te préviens elle rentre pas chez moi.

Djamila le tire par le bras.

— Laisse tomber, les embrouilles j'ai ma dose pour aujourd'hui. Viens on se casse.

Alors que sa situation avait fini par s'améliorer, elle vient en moins d'une minute de devenir cataclysmique. Son cerveau lui fait penser à un concert de percussions géantes, dans lequel chaque problème serait un instrument, en plein final. Il se demande même s'il ne préférait pas être poursuivi par les deux mecs de cette nuit, plutôt que de devoir s'expliquer avec son père et sa meuf en même temps.

Il se dit finalement qu'être au pied du mur est peut-être le meilleur moyen de changer les choses. Il prend Djamila par les épaules et se plante devant son père.

— Tu commences à me saouler avec tes idées de connard, elle monte chez moi si je veux ! Au fait, le coach c'est moi qu'il a pris pour le combat, mais c'est pas la peine de venir, ça va me déconcentrer si je vois ta gueule.

— Si tu gagnes, des gonzesses t'en auras autant que tu veux.

— Ta gueule ! Viens Djam' !

Tyson entraîne Djamila dans l'immeuble. Patrick reste là, comme un con.

RESTAURANT

Iman marche Quai de l'hôtel de ville, elle n'est pas trop maquillée, moins que quand elle bosse, elle n'a pas laissé ça au hasard, pour ne pas trop cacher la blessure qu'elle s'est faite au front. En observant le centre de Paris "by night", elle réalise qu'elle n'est jamais venue ici simplement pour se balader et admirer la ville de nuit. Elle est déjà allée à Châtelet, et aux Halles bien sûr, pour faire les boutiques avec des copines, mais elle n'a jamais pris le temps de vraiment flâner. Les touristes font des milliers de kilomètres pour venir admirer la ville et ça ne lui est jamais passé par la tête.

Elle se demande pourquoi. Sûrement parce qu'en arrivant à Paris elle a tout de suite trouvé du travail, en quelques jours à peine, et qu'elle bosse essentiellement de nuit, ce qui ne lui laisse pas vraiment la possibilité d'aller flâner le soir. Elle réalise pour la première fois à quel point Barbès est une prison, sans murs et sans gardiens, qu'elle s'est construite toute seule, sans même s'en apercevoir. En attendant, elle s'émerveille.

Simon la regarde, de loin, amusé, se disant qu'elle a dû mettre son GPS pour trouver l'Hôtel de ville. Lui s'est habillé pas trop flic pour une fois, on dirait presque un étudiant, qui aurait beaucoup redoublé.

Lorsqu'elle est assez près de lui il fait un signe, qu'elle voit. Elle le rejoint. Ils se sourient spontanément, puis se mettent à marcher sans qu'elle ait prononcé le moindre mot. Elle lui fait penser aux enfants pendant la période de Noël, fascinés par les vitrines des grands magasins, et quand il l'imagine faisant le trottoir porte de Clichy, il réalise qu'elle a dû passer directement de l'enfance à l'âge adulte, violemment.

— Vous sortez souvent dans Paris ?

— Hein ? Ben oui.

Simon désigne sa blessure au front

— Qu'est-ce qui vous est arrivé ?

— Ah ça ! C'est Oualid, un dealer de Barbès. Comme j'ai pas de mac il veut que je bosse pour lui.

— Vous voulez que je lui fasse peur ?

— Non je veux que tu le serres !

Le parcours de cette fille a dû être particulièrement difficile pour qu'elle n'ait, à ce point, pas peur d'un flic. Mais puisqu'elle y va franco alors pourquoi pas lui.

— Je veux des infos sur Santa.

— Débarrasse-moi de Oualid et je te dirai tout ce que je sais... Sur lui et sur Salpieri.

— Vous savez quelque-chose sur Salpieri ?

— Oui, j'étais là quand il s'est fait buter.

Elle sait qu'avec un appât comme ça il devrait saliver abondamment. Si elle ne lui lâche pas un mot sur Santa pendant toute la soirée, il s'occupera forcément de Oualid très vite, alors elle change de sujet.

— Maintenant j'ai juste envie qu'on se dise de la merde devant une bonne entrecôte.

Elle avait raison, car lui se dit qu'elle ne lâchera rien tant qu'il n'aura rien fait pour elle, que c'est forcément donnant-donnant avec ce genre de fille, qu'il laissera filer pour ce soir et qu'il s'occupera de ce Oualid dès demain. Sa grande connaissance de la nature humaine tient sûrement au fait qu'elle côtoie beaucoup d'hommes.

— Vous avez un resto préféré dans le quartier ?

Elle hésite bien sûr et il s'en amuse intérieurement, il commence à la connaitre. Ils sont justement devant un restaurant, nappes à carreaux, bobo.

— Oui celui-là.

Il l'entraîne à l'intérieur. Un trio joue du jazz, "Giant Steps" de Coltrane, difficile pour des oreilles distraites, les clients doivent faire semblant d'apprécier. Les tables sont alignées pour former de grandes rangées, façon restaurant populaire des années cinquante. On les installe entre deux couples, qui rient, elle observe cet univers bourgeois dans lequel elle ne sent pas très à l'aise. Les assiettes que dépose le serveur à la table voisine ne méritent certainement pas les noms prétentieux qui leur ont été attribués sur la carte, mais quand Simon la lui tend, ils la font tout de suite rêver. Lui commence à s'attendrir.

STUPS

Les locaux des Stups sont gris et sans âme, vestiges de l'administration des années soixante, érigeant l'inconfort et l'austérité en vertus qui, en interdisant toute possibilité de contemplation ou de rêverie, aideraient les flics à se concentrer pleinement sur leurs affaires. Le bureau de Carlos est aussi petit et impersonnel que les autres malgré son ancienneté, et on ne devine son grade que parce qu'il en est le seul occupant. Il est commandant. Il aurait pu le décorer un peu depuis le temps, comme ses collègues des bocaux voisins, mais les icônes des thrillers du cinéma américain ne lui font plus d'effet depuis longtemps.

Ses préoccupations sont très cartésiennes, il trouve que rien n'avance dans cette histoire de came volée et il redoute fortement l'annonce d'un ou deux nouveaux morts, qui l'obligerait sûrement à ouvrir une enquête officielle. Hier, il n'a pas réussi à trouver la moindre piste qui le mènerait jusqu'au rouquin à tronche de boxeur, et il se creuse la tête pour rendre cette nouvelle journée plus productive.

Lorsqu'il entend frapper à sa porte il se met instinctivement à espérer, mais pas assez longtemps pour y trouver un réel réconfort, car les gens n'attendent jamais sa réponse avant d'entrer. C'est une maladie. Un collègue apparaît dans l'encadrement.

— C'est pour toi.

Le gars fait des mimiques avec sa bouche, il comprend qu'il essaye d'épeler le plus discrètement possible les trois lettres : B.R.P. La tête de Simon apparaît par-dessus son épaule et il entre sans attendre sa permission. Si même les inconnus le font, c'est que le problème doit venir de lui, il n'inspire pas assez l'autorité.

— Bonjour, Winkler, je suis l'adjoint de Santamaria.

— Jeannot a pris sa retraite ?

Simon se demande quand est-ce que tous les flics qu'il croise arrêteront de lui poser cette question. Quand il aura serré Santa c'est sûr.

— Oui.

Carlos lui fait signe de s'assoir.

— Je vous écoute.

— J'ai besoin de localiser un type, il doit être fiché chez vous.

— Pourquoi ?

— Ben pour deal.

Carlos sourit en coin.

— Ça je m'en doute, mais pourquoi vous avez besoin de le localiser ?

— Apparemment, il fait bosser des filles, il en a méchamment tabassé une à Clichy hier.

— C'est pas mon secteur, ni le vôtre.

— Elle habite Barbès. Le type s'appelle Oualid.

Oualid, tiens. Ça fait longtemps qu'il ne croit plus aux coïncidences. Comment ce bizut de la BRP peut avoir entendu parler de lui, il n'en a même jamais parlé à Santa.

— Des "Oualid" qui dealent à Barbès, je dois en avoir cinquante. Vous avez une photo ou quelque-chose ?

— Non.

Le sourire de Carlos, qui se lisait à peine au coin de ses lèvres, vient de s'étendre à l'intégralité de son visage.

— Ok. Je vais demander à un de mes gars de se mettre là-dessus. Mais soyez pas trop pressé, on a un peu de boulot nous aussi.

— C'est très pressé.

Il se marre intérieurement en pensant à Santa qui doit supporter ce type là tous les jours. Il les imagine en patrouille, lui qui doit s'exciter sur tout ce qui bouge et Santa qui doit rester fermé comme une palourde. La prochaine fois qu'il le verra il lui en touchera deux mots histoire de le chambrer un peu. Le temps qu'il vient de passer à imaginer ça devrait avoir été assez long pour que Winkler comprenne qu'on ne lui dit pas "c'est très pressé" impunément, ça mérite même une petite explication de texte.

— Ça fait pas très longtemps que vous êtes sur le terrain ? Non ?

— Ça veut dire ?

— Si vous arrêtez un mac il sera immédiatement remplacé par un autre, qui va essayer de grignoter le business des autres, et ça va foutre un bordel monstre. Si vous le serrez aussi ça recommence et le bordel s'arrête jamais. Or, le ministre lui ce qu'il veut, c'est des rues calmes. On vous a pas expliqué ça à l'école ?

Simon se demande comment on peut espérer un jour régler les problèmes de délinquance avec des flics blasés à ce point, c'est justement pour ça qu'il a choisi l'IGPN, pour ne jamais devenir comme ce vieux con, pour faire changer les mentalités, pour montrer à cette bande de mous qu'ils prennent les problèmes à l'envers et qu'ils n'ont rien compris. Ce n'est évidemment pas le meilleur moment pour se lancer dans un tel débat, mais sa fierté lui impose de ne pas totalement se laisser faire.

— Donc il vaut mieux rester le cul derrière son bureau c'est ça ?

Carlos commence vraiment à en avoir marre, il va se le faire le petit con.

— Je connais Santa depuis très longtemps, pourquoi c'est pas lui qui est venu, quel juge est sur le dossier ?

Simon ne répond pas. Carlos sait qu'il vient de trouver une faille, il enfonce le clou.

— Vous venez me voir à titre personnel c'est ça ? Comment s'appelle la fille déjà ?

— Iman.

— Une amie à vous ?

Les idées se bousculent dans la tête de Simon, il adorerait lui révéler qu'il est de l'IGPN, rien que pour voir sa tronche se décomposer, passer de l'arrogance à la peur, mais s'il fait ça il se tire une balle dans le pied, l'autre connait trop bien Santa. Il a besoin de temps, il vient de perdre la première manche mais il va trouver une solution pour gagner la seconde, ne jamais prendre de décision dans l'urgence, ça il l'a appris à l'école. Il se lève et se penche sur le bureau, ultime tentative pour impressionner Carlos.

— Si la fille se fait massacrer, je vous tiendrai pour responsable.

— Ah, ah, ah. Allez, barre-toi de là.

Simon sort du bureau, Carlos son téléphone.

— Allo Oualid ? ... Une Iman qui bosse sur Clichy ça te parle ?

DÉMASQUÉE

Mouss est vautré dans l'un des deux canapés du salon et il observe Oualid. Il est au téléphone avec quelqu'un, et son visage se décompose progressivement, les nouvelles sont forcément mauvaises. Mais il ne s'agite pas et ne se met pas à gueuler comme d'habitude quand il est contrarié. Il lâche seulement quelques "ouais, ah, ok". Ce coup de fil n'est pas celui d'un gars de son équipe, c'est peut-être son grossiste qui commence à lui mettre la pression, quoique, Oualid essayerait sûrement de l'embourber ou au moins d'argumenter un peu pour gagner du temps sur le paiement.

Mouss adore jouer à ce petit jeu, trouver qui est au bout du fil, anticiper ce que va dire quelqu'un, deviner ce qu'il va faire juste avant qu'il le fasse, etc... C'est un exercice dans lequel il excelle d'habitude. Mais là, il a beau se creuser la tête il ne trouve pas, et il n'en aura pas le temps, car Oualid raccroche.

— Iman, elle est allée raconter à la BRP que je la cogne et c'est remonté jusqu'aux Stups. Elle est en train de me faire un plan de merde.

— Je t'ai toujours dit que je la sentais pas. C'était qui ?

Merde, c'est la troisième fois qu'il a Carlos au téléphone devant Mouss et c'est la troisième fois que Mouss lui demande à qui il parlait, il va falloir qu'il se méfie avec ça. Si le gros découvre qu'il est indic, même après son départ au Bled, il va le griller dans tout Barbès, lui piquer le business et surtout, il risque de s'en prendre à Hamid. La partie pourrait devenir serrée avec lui, il est bien plus intelligent qu'il ne le pensait. Il se demande s'il a bien fait de le choisir pour prendre sa suite ? Pour l'instant, il doit rester évasif, et surtout garder les rênes en main.

— J'ai des antennes partout gros. Personne peut me la faire à l'envers dans Barbès.

— Moi je crois elle sait où elle est la came et elle veut la récupérer pour elle.

Mouss a sûrement raison, encore une fois, et ça commence à le gonfler. C'est le moment de lui montrer que lui aussi sait être fin stratège.

— Je vais la défoncer cette pute.

Il sort son téléphone, fait un clin d'œil à Mouss et met le haut-parleur.

— Ouais Iman, c'est Oualid.

— *Salut.*

— Je t'ai trouvé un appart'.

— *Déjà ?*

— Tu me plais, alors j'ai passé deux trois coups de fil. J'ai tout ce que je veux sur Barbès moi.

— *Super.*

— Si tu veux je passe te chercher, je te paye un grec et on va le visiter.

— *Il est où l'appart ?*

— Hein ? À la goutte d'or.

— *C'est chaud la goutte d'or pour une gonzesse toute seule.*

— Quand tu l'auras vu tu diras plus ça.

— *C'est quelle rue et c'est combien le loyer ?*

Mouss se marre intérieurement. Oualid patauge parce qu'il a sous-estimé Iman, qui est loin d'être une conne. Lui, l'a tout de suite compris, il s'en méfie depuis le début et il regrette de ne pas l'avoir matée l'autre soir dans l'appart' de Nevada. Il attend malicieusement de voir comment Oualid va se dépêtrer de son bobard gros comme une maison. D'ailleurs, s'il voyait sa gueule en ce moment, il se foutrait de lui-même.

—Je te trouve un super appart' et tu fais ta Diva, t'es grave ou quoi ! Tu verras ça tout à l'heure, mais t'inquiète pour le blé, avec oim y'a pas de blème. T'es au taf ?

— *Ouais.*

—Je passe te prendre dans une demi-heure, fais toi belle. Bientôt tu vas vivre comme une princesse !

Il raccroche. C'était pas facile mais il s'en est bien sorti, il est fier de lui.

— Avec les meufs l'oseille ça marche à tous les coups.

Mouss n'est pas du tout de cet avis.

— Le seul truc qui marche c’est les coups dans la gueule.

CHRONO

Iman raccroche, elle venait de se mettre au taf devant le Modern, changement de programme.

— Prend-moi pour une conne !

Une demi-heure ! Oualid a capté c'est sûr, l'appartement c'est forcément bidon, son ton sonnait faux comme la voix du chanteur d'Indochine avant que l'ingénieur du son ait corrigé le tir*. Que sait-il exactement ? Peu importe. Ce qui est sûr c'est qu'elle va passer un sale quart d'heure, surtout si c'est le gros qui s'occupe d'elle.

Deux problèmes sont prioritaires : où aller, et comment vendre cette came au plus vite, car sans argent, pas de fuite, pas de futur radieux et pas de nouveaux seins. Sa vie depuis bientôt trois jours n'est décidément qu'une succession de décisions prises dans l'urgence, ça l'amusait au début mais maintenant ça devient carrément stressant. Qu'est-ce qui a bien pu se passer pour que Oualid comprenne qu'elle le mène en bateau ? Stop ! Ses pensées se dispersent et elle n'en a plus le temps. Trente putain de minutes pour plier bagages, et encore,

* NDLR : Ce qui ne m'a pas empêché de gesticuler comme un fou sur « l'aventurier » étant ado.

quinze seraient bien plus raisonnables. Elle se précipite dans le hall du Modern tout en essayant d'avoir l'air naturelle en passant devant Amobé.

— Amo, je vais lâcher la chambre.

— T'as trouvé un appart' ?

— Heu, ouais.

Les marches du vieil escalier craquent lorsqu'elle les gravit quatre à quatre, elle pousse la porte de sa chambre et ouvre le petit placard. Trois minutes viennent de s'écouler depuis qu'elle a raccroché, il ne lui en faudra pas plus de cinq pour vider l'armoire et récupérer ses affaires de toilette, cinq de plus pour récupérer la came en bas en ayant l'air calme, échanger trois mots avec Amobé, ne surtout pas lui dire où elle va au cas où Oualid l'interroge, pourvu que le gros n'essaye pas de lui tirer les vers du nez à coups de poings dans la gueule. Il faudrait qu'elle repasse rue Myrha pour prendre un peu plus que deux tee-shirts et trois culottes aussi. Mais quoi faire après ? Cinq minutes encore pour trouver une idée et elle devra avoir disparu. Dix-huit minutes. Plus trois à peu près pour expliquer aux filles dehors qu'elles doivent fermer leurs bouches si deux mecs viennent leur poser des questions, trois ou quatre de plus pour passer l'angle de la rue de la Jonquière, elle est en sens unique ils ne peuvent pas arriver de là, ça laisse deux minutes avant que Oualid n'arrive, c'est tendu.

Sauf qu'elle vient d'avoir une idée qui la mettra au moins en sécurité, appeler Simon, parce que c'est le seul à qui elle ait parlé de Oualid, donc c'est forcément lui qui a merdé, et vu qu'elle lui a promis des infos sur Santa il va se bouger le cul à coup sûr. Et comme elle vient de trouver l'idée tout en faisant son sac, elle a gagné cinq minutes sur son planning de ministre, le Nirvana ! Elle coince son portable entre son épaule et son oreille.

— Simon, c'est Iman ! Qu'est-ce que t'as foutu pour Oualid ?

— *Hein ?*

— Il vient de m'appeler, ça pue grave, faut que je dégage de l'hôtel avant qu'il débarque.

Elle jette son sac sur le lit.

— *Tu vas aller où ?*

— Tu me vouvoies plus ?

Silence au bout du fil. Elle regrette de ne pas avoir le temps de profiter du petit taquet qu'elle vient de lui mettre. Elle fourre ses dernières affaires dans son sac et zippe la fermeture.

— J'en sais rien, mais dans sept minutes je suis plus là.

— *Je passe te prendre.*

— Pas le temps ! Retrouve-moi 10 rue Myrha.

— *Ok.*

À la réception, Amobé, après avoir vu passer Iman, est allé s'assoir à son bureau. Il se demande s'il doit lui dire que les flics de la criminelle sont passés le voir ce matin, ils voulaient savoir si elle bossait mercredi soir et il le leur a confirmé. C'est pourtant depuis ce soir-là qu'il trouve qu'elle a changé, il a dû se passer quelque chose, elle a l'air noyée dans les emmerdes, mais ça, il ne leur en a pas parlé. C'est en pensant à tout ça que son pied gauche a buté sur le sac plastique blanc, et fatalement sa curiosité a été excitée.

Dans la cinquante-quatre, Iman réajuste le coton dans son soutien-gorge et se regarde dans la glace.

— Calme Iman, calme.

Elle jette son sac sur son épaule, sort, descend l'escalier et arrive au comptoir.

— Amo ?

Elle entend du bruit qui vient du bureau, elle se penche.

— Amo ?

La porte du petit bureau est ouverte mais elle ne voit pas le sac plastique, elle fait le tour du comptoir et entre dans le bureau. La porte des toilettes est ouverte, Amobé est penché sur la lunette, il vide le dernier sachet bleu. Naaannn.

— Putain Amo ! Qu'est-ce que tu fous ?

— Ça peut te rapporter que des emmerdes cette merde.

Il tire la chasse d'eau. Iman s'effondre. Elle se laisse glisser le long du mur, les larmes lui montent instantanément aux yeux.

— Mais putain, non !

— Un jour tu me remercieras.

Elle éclate de rire. Elle le remerciera peut-être un jour mais pas aujourd'hui ! Elle se retrouve là, assise par terre derrière le comptoir d'Amobé, et oscille entre l'envie de pleurer ou de rire, d'abandonner ou de se battre.

Elle laisse glisser son regard sur le décor désuet qui l'entoure, et des tas d'images lui reviennent en tête. Le jour où une sœur lui a raconté la mort de ses parents notamment. D'eux, elle ne se rappelle rien, même plus les visages. Elle sait seulement que son père était Rwandais, sa mère Française, et qu'ils furent tués quatre ans après le génocide par un groupuscule Hutu qui refusait les accords de paix, la loose. Elle avait deux ans.

Quelques images de bonheur aussi, à l'orphelinat catholique français, avec les autres gamins, surtout sa grande copine Samia, qu'est-elle devenue ? Puis, sa fuite en 2014, à dix-huit ans. Son périple de presque un an pour rejoindre Paris, livrée à elle-même, aux mains de passeurs qui l'ont prostituée pour qu'elle puisse payer son voyage. Tout ça pour finir sur un trottoir porte de Clichy. Heureusement, elle a croisé Nevada, elle l'a sauvée, lui a fait comprendre qu'elle pouvait s'en sortir, gagner du respect et surtout de la dignité. Mais depuis trois jours tout ce qu'elle entreprend tourne mal, comme si la disparition de Nevada avait définitivement mis fin à toute forme d'espoir.

De précieuses minutes viennent de s'écouler, elle pleurera sur son sort plus tard. Amobé la regarde, elle n'arrive pas vraiment à lui en vouloir alors elle lui sourit.

— T'as sûrement raison.

Bon, elle n'a plus la came, rien ne va plus, trouver une idée, vite, encore, ça devient fatiguant. Combien de temps lui reste-t-il ? Quatre minutes, au moins sa vie est pleine d'adrénaline, c'est le bon côté des choses. Elle souffle un grand coup, ça a tendance chez elle à faire naître les idées. Ça marche. Elle se lève et sort.

DEAL

Dans la voiture, la sonnerie du portable de Oualid retentit, c'est Iman, il décroche et met le haut-parleur pour que Mouss entende.

— Allô ! T'es prête ? Je suis là dans trois minutes.

Iman a eu chaud. Elle marche au milieu de la foule, elle est presque à Guy Môquet, où elle a prévu de s'engouffrer dans le métro pour rejoindre Barbès. Son sac en bandoulière l'encombre et elle est tellement speed qu'elle bouscule des passants, sans prêter aucune attention à leurs insultes.

— Je suis plus à l'hôtel, me prend pas pour une conne !

— *T'as tes règles ou quoi !*

— Connard ! Ta came c'est moi qui l'ai.

— *Je m'en doutais espèce de salope !*

— Tu veux la récupérer ou pas ?

— *Tu te prends pour qui toi ? T'es où ?*

— J'ai besoin de thunes, je te la fais à moitié prix.

Le rire de Oualid transperce les oreilles d'Iman.

— *Je te donne rien du tout, tu vas me la rendre sinon je te retrouve et je t'arrache la tête, wallah !*

— Ok, je balance la came aux chiottes et je disparais. Salut.

Elle raccroche, mais ne quitte pas son téléphone des yeux. Il va forcément rappeler. Tout en marchant du plus vite qu'elle peut, elle compte à voix haute. Les passants la regardent comme si elle était folle.

— Allez dans dix. Neuf, huit, sept...

Son téléphone sonne. Elle souffle encore un grand coup et décroche.

— *Combien tu veux ?*

— Cent-cinquante.

— *Tu te fous de ma gueule !*

— C'est toi qui as dit que ça vaut trois cent.

Dans la voiture Oualid pâlit, il jette un regard interrogateur à Mouss qui fait un gros effort pour cacher son amusement. Il lui fait signe d'accepter, l'urgence c'est de récupérer le produit, ça paraît évident.

— Ok c'est bon. Comment on fait ?

— *Viens avec la thune au hammam demain soir. Y'a un combat, je te trouverai.*

Bip. Elle a raccroché. Oualid regarde son téléphone comme s'il n'était pas certain que le coup de fil ait bien eu lieu. Il colle sa bouche au téléphone et hurle.

— Jamais je te donnerai la thune grosse tepu !

Il balance son téléphone. Mouss se délecte, forcément, Oualid perd encore ses moyens, il est décidément trop impulsif.

— Ça sert à rien de s'énerver, c'est toi qui me l'as dit.

— Ta gueule ! Tu connais les combats au hammam ?

— Ben ouais.

Bien sûr qu'il a entendu perler de ces combats clandestins, ils attirent pas mal de parieurs et certains de ses vendeurs vont y dilapider leurs économies. Mais son esprit vif est déjà passé au coup d'après. Dans l'agitation du hammam il pourrait peut-être trouver le moyen de récupérer la came, et s'il prend le temps de bien préparer son coup il pourrait même récupérer la thune, qui sait. Ne pas se précipiter, manipuler Oualid tant qu'il est en confiance, et surtout, être prêt à disparaître à la première alerte avec les Stups.

En attendant son heure il fait demi-tour devant le Modern Hôtel, et à quelques centaines de mètres, Iman s'engouffre dans le métro.

RANCOEUR

Tyson est assis sur la seule chaise de sa chambre. Il observe, attendri, Djamila qui dort profondément dans son lit. Lorsqu'ils sont montés chez lui, après l'engueulade avec son père, elle a déversé un flot de paroles, saccadées, désordonnées, et de larmes aussi. Il n'a, dans cet amalgame d'informations, saisi que les grandes lignes de ce qui s'est réellement passé, mais la responsabilité d'Iman dans ce merdier ne fait pour lui aucun doute. La blessure au visage de Djam' n'est que superficielle, heureusement, il se préoccupera des dégâts sur son psychisme à son réveil.

Il sait qu'il réussira à l'apaiser, puisqu'au moment de sa crise, tout à l'heure, il y est arrivé. Il l'a enlacée, a prononcé des mots rassurants, caressé ses cheveux, et l'a embrassée dans le cou. Puis elle s'est endormie, en quelques secondes à peine, dans ses bras, comme ça, sans doute à cause du contrecoup de l'enlèvement. Il l'a délicatement étendue sur son lit, et l'a couverte avec son peignoir estampillé : "Mike Tyson".

En découvrant la porte aux serrures fracassées au bout du couloir, Iman l'a tout doucement poussée. La réparation provisoire effectuée par Tyson avec un bout de ficelle n'autorise qu'une ouverture d'un centimètre à peine, par laquelle elle l'observe depuis quelques secondes. Attendrie mais surtout un peu gênée, elle chuchote.

— Tyson !

Pas évident de reconnaitre instantanément une voix chuchotée. Il se lève le plus rapidement et le plus silencieusement possible. Surtout ne pas réveiller Djamila. Il ouvre et découvre Iman, plantée là, son sac posé à ses pieds, l'air de s'excuser.

Il sort et tire la porte derrière lui. Son visage est fermé, son regard froid, et son ton glacial.

— Y'a Djamila qui dort.

Il désigne le front d'Iman.

— Qu'est-ce qui t'es arrivé ?

— Rien je me suis cognée. Et Djamila elle est pas trop abîmée ?

— Comment tu sais qu'il lui est arrivé quelque-chose ?

— Ben... C'est pas évident à expliquer, et puis ça serait long.

— C'est à cause de toi tout ça ! La came elle est pas à un de tes clients, elle est aux deux mecs qui ont déboulé ici, et c'est eux qui ont enlevé Djam', elle me les a décrit.

— Franchement, je pouvais pas imaginer que Djamila allait morfler.

— Ça te fait pas chier de foutre tout le monde dans la merde pour te faire de la thune ?

— Je peux tout t'expliquer si tu veux.

Tyson la fusille du regard.

— En vrai je m'en tape complet de tes explications, laisse-moi tranquille et casse-toi !

— Je voulais pas ça. Je m'excuse.

Elle ramasse son sac et s'éloigne. Les quinze mètres de couloir lui semblent durer une éternité, pendant laquelle elle a l'impression de se faire cribler de balles dans le dos. Encore un pan de sa vie qui vole en éclats. Pas facile d'anticiper les conséquences de ses actes, la vie est trop imprévisible, elle se déploie seule, incontrôlée, organique.

Quinze mètres de couloir, pendant lesquels Tyson la regarde s'éloigner, son cul est toujours aussi magnifique mais il n'en a plus rien à foutre. Il a bien fait de la jeter, ses pensées vont s'éclaircir à nouveau, se simplifier, ses poings et Djamila, qui sera heureuse, et qui vient de se réveiller.

— Tyson ?

— Je suis là, t'inquiète.

Lorsque Iman sort du 10, Simon est là. Quand elle a reçu son SMS elle allait rentrer dans l'appartement de Nevada pour prendre quelques fringues, tant pis, elle a pu s'excuser auprès de Tyson c'est l'essentiel. Elle s'en achètera quand elle aura fait fortune, demain soir. Il la prend par l'épaule et l'entraîne jusqu'à la Peugeot grise à l'aile enfoncée.

Au même instant, sur le trottoir d'en face, Hamid arrive avec ses deux potes, ils n'en perdent pas une miette évidemment, et le môme appelle son frère immédiatement.

— Oualid ! Je suis au 10 ! La fille elle vient de partir avec un keuf !

Il raccroche et l'un de ses potes se marre tout en essayant de soulever son tee-shirt et de lui piquer le 7,65 .

— Viens, sors ton calibre, on les bute frère !

— Arrête putain t'es relou ! Si le coup y part c'est dans mes couilles, t'es teubé ou quoi !

Dans son appartement du Boulevard Barbès, Oualid est en position derrière son rideau. Ses yeux scrutent les allées et venues, sa parano est de retour, et son cerveau est en ébullition.

Mouss est dans le canapé, sa place attitrée depuis maintenant trois jours, il finit le grec que Oualid a à peine touché, ils n'avaient même pas pris le temps de manger ce midi avec ces conneries.

— Y'a quoi ?

— Y'a que cette tepu elle est avec les keufs et elle est repassée chez Nevada. Putain elle me rend ouf ! C'est maintenant qu'il faut réfléchir gros.

— Elle veut nous niquer.

— Là on avance bien !

Oualid, ne s'est même pas retourné pour prononcer sa phrase. Mouss le déçoit, c'est la première fois.

Il essaye de se projeter au hammam, comment ça va se passer là-bas ? Est-ce qu'il en parle à Carlos ? Non, il ne se mouillera jamais là-dedans. Où l'échange va avoir lieu ? Est-ce qu'elle va venir avec le keuf ? Est-ce qu'il est au courant pour la came ? Est-ce qu'ils veulent se partager la thune ? De toute façon pour trois cent mille il est prêt à le buter. L'adrénaline envahit déjà son corps, alors qu'est-ce que ce sera samedi ? Quoi qu'il arrive il sera prêt.

Pendant ce temps, l'air de rien, Mouss aussi a réfléchi.

— Appelle le mec de Nevada !

Maintenant Oualid se retourne, il ne comprend pas.

— Dis lui de venir au hammam. Quand Iman nous rendra la came il pensera que c'est elle qui a buté sa meuf. On le laisse s'en occuper et on récupère la thune. C'est ça qu'il t'avait dit au phone non ?

Putain ! Ce gars est un génie ! Il est là, gras comme un loukoum, vautré dans son canapé à bouffer de la merde et il a la bonne idée du premier coup. Il en serait presque jaloux, de son cerveau pas de son bide. Il vérifie qu'il a toujours le portable de Djamila dans sa poche, oui.

— Le code c'était quoi déjà ?

— 1234.

— Ah ouais. Faut que tu ramènes du monde samedi, je veux pas qu'elle s'en sorte.

— Pas de problème frère.

Tu m'étonnes qu'il va ramener du monde ! Ça fait déjà un moment qu'il y pense vu que ce sera le moment idéal pour lui piquer sa came et ses thunes. Il sourit parce que l'image d'une machine à sous vient d'apparaître dans son cerveau, il voit les rouleaux qui tournent, les sept qui s'alignent, et le jackpot qui dégringole : cent-cinquante mille plus trois kilos !

TÊTE À TÊTE

Simon tourne la clé dans la serrure de son appartement, ouvre, et s'écarte pour laisser entrer Iman. C'est la seule idée qu'il ait eue dans l'urgence, l'accueillir un jour ou deux, le temps pour elle de trouver une autre solution. Il lui a fait promettre de n'en parler à personne, car si l'IGPN l'apprenait il serait en très mauvaise posture. Règlementairement parlant, il aurait dû appeler son supérieur et lui demander une protection officielle pour un témoin, mais l'envie de la faire parler et l'idée de recueillir enfin un témoignage à charge contre Santa, avaient été trop excitantes.

En plus, il doit bien se l'avouer, il est un peu sous le charme, il s'en est aperçu après leur dîner hier soir. Il se sentait bien, son esprit était léger, et des pensées érotiques lui sont même venues à l'esprit. À sa décharge, difficile pour lui qui n'a pas eu de relation sexuelle depuis plus d'un an, de ne pas s'imaginer des choses avec une telle beauté en face de lui, professionnelle en plus.

Il la regarde, elle vient de poser son sac au milieu du salon, la pièce principale de son F2, et pendant qu'elle détaille son intérieur, il a la sensation qu'une femme est en train de s'installer chez lui. Il chasse rapidement cette pensée.

— C'est pas le cent mètres carrés de Nevada mais j'ai que ça.

Iman constate qu'il n'a eu aucune autre idée de déco que celles proposées par les catalogues de la grande marque suédoise, à part l'affiche du film “Antigang”, très original pour un flic, et pas du meilleur goût. Ce qu'elle aime c'est le petit bar, qui sépare le salon de la cuisine, à l'américaine. Quand il lui a proposé de s'installer provisoirement chez lui, elle a tout de suite dit oui, de toute façon demain soir tout sera joué, pour le meilleur ou pour le pire.

— Ça gagne bien “flic” ?

— De quoi louer un deux pièces. Je dormirai dans le canapé, il fait lit.

— Ça me va. T'as de quoi bouffer je meurs de faim ?

— Y'a des pâtes.

— C'est cool, j'ai l'impression d'être étudiante.

Elle ouvre tous les tiroirs de la cuisine à la recherche de la casserole adéquate. Simon ouvre une bouteille de vin, la seule qu'il ait, celle qu'il gardait pour les grandes occasions.

— Personne n'a vu Santa depuis la nuit dernière, tu sais pas où il est ?

— Non.

En effet, Santa n'est pas venu bosser hier soir, ni ce soir. Quand Simon est passé prendre la Peugeot grise, personne n'avait de nouvelles. Et quand il a posé des questions tous les collègues sont restés évasifs, comme si ça pouvait arriver, comme si c'était acceptable. Le règlement, dans ces brigades de nuit, semble vraiment être un système à géométrie variable.

— Et ça t'inquiète pas ?

— Il fait ce qu'il veut Santa, c'est un grand garçon. Ce qui me fait peur, c'est qu'il se foute en l'air.

— Tu crois qu'il en est capable ?

— J'en sais rien, mais ce qui est sûr c'est qu'il va avoir du mal à s'en remettre. Tu te rends pas compte de comment ils se kiffaient.

— Pourquoi tu l'appelles pas ? Pour l'aider.

— J'ai eu tellement d'emmerdes depuis trois jours que j'y ai pas pensé, et puis la vie c'est chacun sa merde. Mais t'as raison, je devrais, lui il est pas comme les autres.

Simon s'assoit au bar et sert deux verres de vin. Il l'observe, en train de papillonner dans la petite cuisine, versant les pâtes, puis assaisonnant, comme si c'était elle qui le recevait. Il se demande comment elle peut être si désinvolte en menant une vie pareille. Il s'imaginait que toutes les putes étaient soit camées soit dépressives, mais non. Cette fille rayonne, tout simplement.

Quelle enfance a-t-elle pu avoir pour se satisfaire d'une vie aussi difficile ? Elle semble savourer chaque minute de bonheur sans jamais penser à la merde qui l'attend au coin de la rue.

Elle sait parfaitement qu'il l'observe, elle sent son regard, et devine presque ses pensées. Le moment lui semble idéal pour en venir aux choses sérieuses, elle s'assoit en face de lui.

— Qu'est-ce que t'as foutu avec Oualid ?

— Rien. Je me suis juste renseigné aux Stups pour essayer de le loger.

— J'ai mieux. Il va recevoir une grosse livraison demain soir, genre deux ou trois kilos.

— Ah ouais ? Comment tu sais ça ?

— Par un client à moi. Cent pour cent fiable. Tu connais l'ancien hammam ?

— Non.

— Y'a des combats clandés là-bas. C'est toujours bondé.

— Et ?

— C'est là-bas qu'il va être livré. L'idée ça serait que je me fonde dans le public, que je le piste et dès qu'il a touché sa came je t'appelle. Toi t'attends dehors et t'as plus qu'à le serrer.

Elle ne bouge plus, ne le quitte pas des yeux, tout son corps semble figé dans l'attente d'une réponse. C'est vrai que son plan est risqué mais elle n'a rien trouvé de mieux. Faire l'échange avec Oualid et s'arranger pour qu'il se fasse arrêter avant qu'il s'aperçoive qu'elle l'a niqué. Avec un peu de chance, beaucoup plutôt, elle pourra se tirer avec la thune. Elle sait pertinemment qu'elle ne va pas maîtriser grand-chose demain soir mais elle improvisera, façon Jazz, façon Nevada. Elle n'a de toute façon plus le temps de trouver mieux, Oualid est trop à cran. Ses yeux sont toujours dans ceux de Simon, elle espère, elle tend son verre pour qu'ils trinquent, et surtout pour qu'il accepte.

— Je suis pas aux stups. Je peux pas faire ça, c'est trop "border".

Les verres s'entrechoquent. Raté !

Elle doit à tout prix le convaincre mais elle n'a plus trop d'arguments, à part l'apitoiement.

— C'est un taré ce mec, il me fait flipper. Si tu veux pas le serrer, je quitte Panam demain matin.

Pshhhh. L'eau des pâtes déborde.

Iman et Simon bondissent, elle sur la casserole, lui sur l'éponge. La cuisine est toute petite, ils sont très proches, en contact. Les pâtes sont devenues ses alliées.

— Passoire !

— J'ai !

— Sauce !

— Ketchup ça va ?

Elle fait une moue, il est troublé, tout a l'air si simple. Elle s'échappe de la cuisine, pour ne pas rester collée à lui trop longtemps, le frustrer, et pose les pâtes sur le bar. Il sort deux assiettes puis prend le ketchup dans le frigo, pendant qu'elle sert deux énormes portions de spaghettis.

— Régale-toi !

Ils rient.

Mais lorsqu'elle bascule la bouteille de ketchup Simon s'arrête. Parce que son regard vient de se poser sur le liquide rouge qui se répand sur les pâtes, et qu'il repense au sang chez Nevada, au collier rouge autour de son cou, à l'immense tache sur le tapis, à la nausée qui l'avait envahie à la vue de son premier cadavre, aux enculés qui exploitent les filles, à sa mission, à sa carrière.

— Tu me parles de Salpieri ?

Elle lui tend la sauce.

— Seulement si t'acceptes pour demain.

Simon la dévisage. Il saisit la bouteille mais elle ne la lâche pas.

— Ok, je le serre au hammam.

— J'ai ta parole ?

— Oui.

Une bouteille de Ketchup c'est bizarre pour sceller un accord, mais elle doit s'en contenter. Elle la lâche.

— Salpieri, c'était le mac de Nevada.

Simon reste figé, le Ketchup à bout de bras. Elle se met à dévorer, tout en racontant. Son récit s'en trouve saccadé mais Simon s'en fout, il est plus intéressé par le fond que par la forme.

— Une grosse pourriture de flic. Quand je suis arrivée à Barbès j'étais SDF et je suis tombée sur lui. Un flic, j'avais confiance. Il m'a dit que je pouvais dormir chez une copine à lui, c'était Nevada.

Simon verse un tout petit peu de sauce sur le bord de son assiette, mais ne mange pas, le sang toujours à l'esprit. Elle lève les yeux.

— Tu manges pas ?

— Si, si.

Elle attend, jusqu'à ce qu'il avale une bouchée. Voilà.

— Un jour il a voulu me violer, pour me mettre au taf, mais Nevada l'a empêché. Je lui avais raconté d'où je venais et elle voulait pas, que... que ça m'arrive encore.

Simon la regarde manger. Ses mains sont fines, et ses bouchées délicates, malgré la vitesse à laquelle elle engloutit ses pâtes. La simplicité de la forme qu'elle donne à son récit, dissone avec la noirceur de son contenu. Tout ça le trouble

— Elle lui a dit que si il me lâchait pas elle arrêtait de bosser pour lui, et c'est là que c'est parti en couilles.

Elle lève à nouveau les yeux de son assiette et voit qu'il ne mange pas. Lui, comprend à sa moue qu'elle est déçue et avale immédiatement une deuxième bouchée pour l'inciter à continuer. Alors elle reprend.

— Il lui a mis une beigne, énorme, ça l'a assommée. Et moi, il m'a attachée sur une chaise avec ses menottes.

Les yeux d'Iman rougissent, elle hoche la tête de droite à gauche, comme une enfant. Les mots sortent plus difficilement, le temps entre les bouchées s'allonge.

— Après, il a attaché Nevada, et... Il m'a arraché ma chemise, et... Il a sorti une lame de rasoir et il a commencé à me torturer... Devant elle, il voulait qu'elle voie.

Des larmes retenues apparaissent dans les yeux d'Iman. Simon pose ses couverts. Iman aussi.

— Il s'est mis à me découper les seins.

Un frisson parcourt le corps de Simon. Elle le fixe.

— T'en veux encore ? De l'histoire pas des pâtes.

— Je, euh, je sais pas. C'est toi, si tu veux, si tu peux.

— Non c'est toi, c'est toi qui voulais savoir.

— Hein ? Oui, je veux savoir, mais si tu veux t'arrêter, enfin c'est toi qui choisis.

— Non c'est bon. Tu sais cette scène je l'ai revécue des milliers de fois.

Elle renifle un grand coup.

— Nevada a dit que c'était ok, que j'allais bosser pour lui et qu'elle ferait tout ce qu'il voudrait. Pour qu'il arrête. Mais cet enculé lui a dit: “Tu te prends pour qui ? Tu crois que c'est toi qui décides ? Faut que je fasse quoi pour que tu comprennes qu'on me dit jamais non". Et il a continué... Jusqu'au bout... Jusqu'à ce que j'ai plus rien.

Simon a les larmes aux yeux, il est bouleversé, il ne sait ni quoi dire, ni quoi faire. Mais le visage d'Iman s'éclaire.

— Et c'est là que Santa est arrivé, il avait les clés. Quand il a vu la boucherie il l'a buté.

Simon est littéralement statufié. Elle se frotte les yeux, le nez, des traces de mascara apparaissent sur ses joues. Ils se regardent, Simon cherche des mots, en vain.

— T'inquiète c'était y'a longtemps, et c'est toujours mieux que d'être morte.

Le manichéisme de Simon vient de voler en éclats. Ses certitudes aussi, sur son métier, sur la vie, sur Santa, tout vient de changer. Jamais il n'aurait pu imaginer qu'une telle horreur, une telle souffrance, puisse se cacher derrière ce visage presque enfantin. Il a envie de la serrer dans ses bras, pour la réconforter, la protéger de la pourriture qui l'entoure.

Elle, ressent clairement qu'il est touché, qu'il ne fait pas semblant, et ça la rassure. Elle commence à penser qu'elle peut, peut-être, faire confiance à cet homme. Alors elle lui prend la main.

— Viens.

Elle l'entraîne vers la chambre et Simon ne contrôle plus rien, le moment n'a rien de sensuel mais il se laisse faire, incapable de lui refuser quoi que ce soit.

— Je te préviens j'enlève pas le haut.

IGPN

Cela fait maintenant trente-six heures que Santa erre. À part les quelques heures de sommeil grappillées dans le canapé de Patrick, il n'a plus dormi que par bribes, sur des bancs ou des banquettes de bar à entraîneuses, assommé par le mélange alcool/cachetons. Ça fait aussi trois jours qu'il n'est pas rentré chez lui, depuis la veille du meurtre. Mathilde ne lui a plus écrit depuis son dernier message : "ton fils est malade, je pars chez le médecin. Amuse-toi bien avec ta pute", et elle n'a pas non plus essayé de l'appeler. Elle doit sentir que leur histoire est en train de prendre fin, définitivement.

En ce moment il est assis au comptoir de "Chez Lili", un double whisky dans à la main, sûrement pas son premier car ses yeux sont vitreux et leur blanc est irisé de petits vaisseaux rouges.

Il repense aux deux années qui viennent de s'écouler, depuis qu'il a abattu Salpieri. D'abord, il se souvient de la torpeur qui avait suivi les deux coups de feu, l'état de sidération dans lequel ils s'étaient retrouvés. Ils avaient dû agir vite, Iman avait tourné de l'œil. Il l'avait giflée doucement pour la faire revenir à elle, Nevada l'avait couverte et accompagnée jusqu'à la Peugeot grise, pendant que lui enroulait le corps dans le tapis du salon, l'ancien, qu'ils avaient remplacé peu de temps après par le Sönderöd sur lequel il l'a trouvée morte il y a trois jours, ironie du sort. Ils avaient balancé le cadavre entre deux poubelles rue Polonceau, ordure au milieu des ordures. Faire hospitaliser Iman en urgence fut un jeu d'enfant avec sa carte de police, puis ce fut le calme après la tempête, le sifflement d'un acouphène après une explosion. Ils étaient restés chez elle, toute la nuit, presque sans se parler, un pacte implicite venaient de les unir. Est-ce pour cela qu'ils avaient fait l'amour ? Pour sceller ce pacte ? Peut-être. Au début, il avait pensé que c'était une forme de remerciement, pour l'avoir débarrassée de Salpieri, ou de soumission au nouveau mâle dominant. Mais pas du tout. Il avait découvert en elle une battante, une optimiste, qui aimait la vie, et voulait réussir la sienne. Sa beauté mature le subjuguait.

Elle aussi l'admirait, juste, ouvert d'esprit, rassurant, viril, et très beau lorsqu'il n'était pas défoncé. Ils s'étaient très vite aimés, profondément, ils étaient faits l'un pour l'autre.

À partir de ce jour elle s'était épanouie, elle ne prenait plus que des clients triés sur le volet, les plus rentables. C'est d'ailleurs Salpieri lui-même qui avait développé cette clientèle, pour augmenter sa rentabilité. Grâce à la protection de Santa elle n'avait plus de souteneur, ne versait plus de commission, gagnait très bien sa vie. Il ne leur restait plus qu'à changer de pays, pour tirer définitivement un trait sur le passé et se construire une vie respectable et apaisée. Mais voilà, le fils de Santa était né, il n'avait pas pu se décider, pas assez vite, et maintenant elle est morte. Il ne lui reste qu'Iman pour lui rappeler cette période heureuse, une gamine cabossée, amochée, livrée aux fauves.

Il se dit d'ailleurs qu'elle en sait peut-être plus qu'elle ne le dit, car la dernière fois qu'ils se sont vus, il a clairement senti qu'elle lui cachait quelque chose. Il faudra qu'il l'interroge. Il avale son whisky d'un trait et tend le verre vide au barman.

— Après celui-là tu te casses.

— Je te fous une paix royale depuis des années et quand j'ai besoin d'un endroit pour me poser cinq minutes tu me dégages.

— C'est pas ça, t'es défoncé et tu pues, faut aller te pieuter, c'est mieux pour toi.

La sonnerie de son téléphone retentit, dans sa poche gauche, c'est Carlos.

— Ouais.

— *Je te dérange ?*

— Pas du tout je suis avec un casse-couille.

— *T'es dans la merde Santa.*

— Ah, ah, on est tous dans la merde, c'est Barbès la merde.

— *Vas-y mollo sur les cachets, tu vas te cramer.*

— Oui maman.

— *Ok. C'est à propos de Simon. Il est venu me voir.*

— Ah ouais ?

— *Il m'a posé des questions sur un de mes indics.*

— Et ?

— *J'ai trouvé ça bizarre, je me suis renseigné sur lui.*

— Et ?

— *T'as l'IGPN au cul Santa.*

Santa met une demi-seconde avant de réagir.

— Quel enculé ! Putain d'enculé !

Il vient de hurler, tous les clients se sont retournés vers lui, les filles sont mal à l'aise, c'est pas bon pour le commerce, le barman déboule.

— Oh ! Ta gueule ! Maintenant tu dégages !

Santa remercie Carlos et raccroche. Sa situation vient encore d'empirer. Si l'IGPN enquête c'est qu'ils le soupçonnent. Comment va-t-il faire pour retourner bosser, avec une telle menace au-dessus de la tête, avec Simon assis à côté de lui dans la voiture ? S'il trouvait au moins l'assassin, s'il pouvait avoir le temps de lui mettre deux balles dans la peau avant de se faire serrer par l'autre connard, il se sentirait soulagé.

La musique de "Rocky" retentit dans sa poche droite, c'est le téléphone de Tyson, "Djam" s'affiche sur l'écran.

— allô ?

— *C'est Oualid.*

— Je sais.

— *Si tu veux l'assassin de ta meuf tu viens demain soir au hammam, à vingt-et-une heures, je t'appellerai.*

— Toi t'es mon pote !

Oualid a raccroché, mais Santa est à nouveau de bonne humeur.

— Tiens remets-en un dernier !

— Non, tu dégages !

Santa adresse un regard noir au barman, se lève et s'en va sans payer. Le serveur lâche un : "De rien !" et Santa, tout en titubant vers la sortie, lui fait un doigt d'honneur.

QUESTIONNEMENTS

Les quartiers pauvres des grandes villes sont-ils d'impitoyables machines à broyer ? Le destin des habitants de Barbès fût-il écrit le jour où ils y entrèrent ?

Oualid et Mouss sont assis à leur table, celle du fond, dans une ambiance très silencieuse, si l'on omet le ronronnement urbain et les bruits inhérents à l'absorption enthousiaste d'un "Big Mayo". Oualid lui n'a pas touché à son sandwich, la colère et le stress qui le rongent en ce moment ont eu raison de son appétit.

Le passage de son petit frère et de ses deux potes quelques minutes auparavant, n'a fait qu'amplifier ses angoisses. Il trouve qu'Hamid a changé depuis trois jours, depuis qu'il lui a offert ce flingue. Il le sort à la moindre occasion, pour se donner de l'importance et inspirer le respect, il l'a même posé sur la table du restaurant. Ses potes aussi sont excités par l'arme, ils la manipulent dès qu'ils peuvent et alors leurs regards changent, lorsqu'ils l'ont en main ils semblent n'avoir plus peur de rien. Oualid a dû gueuler pour qu'ils le rangent, heureusement qu'ils étaient les seuls clients de la salle. Il doit se rendre à l'évidence, avec son 7,65 Hamid se prend pour un caïd, et il commence à regretter de le lui avoir offert. Il se demande d'ailleurs s'il a raison de ne pas l'embarquer avec lui au Bled. Ici il va vouloir imiter son grand frère, suivre le même chemin, celui d'une apparente réussite. S'il savait.

Devenir indic n'a évidemment pas été un choix. Il a été dénoncé, suivi, écouté, au moment où il croyait être entré dans la cour des grands, où il se pensait intouchable. La règle est immuable et personne ne peut y échapper : il y aura toujours quelqu'un qui voudra ramasser la thune à ta place. Une fois piégé par les Stups il n'a plus eu d'autre choix que de coopérer, les quantités qu'il écoulait étaient énormes. Tous ses biens allaient être saisis, et sa mère se retrouver sans ressources pour élever son petit frère, trop difficile à porter. Il a balancé ses plus gros concurrents et s'est retrouvé à la tête du trafic de Barbès, ça peut ressembler à un coup de maître mais en réalité, il a juste multiplié l'échelle des risques. Si ça se sait, ce n'est plus la prison qu'il risque, mais la mort. Le vol de son stock par la petite pute lui a ajouté une nouvelle menace mortelle, son fournisseur. Autant dire que demain soir il joue sa peau. Non, vraiment, il ne souhaite pas que son petit frère prenne la relève et se retrouve confronté à des gars comme Mouss.

Mouss, qui fait descendre ses dernières frites avec une grande gorgée de soda, qui lui aussi pense à demain soir, et qui lui aussi s'interroge. Faire le même métier pousse aux mêmes interrogations, à La Chapelle ou à Barbès. Il se dit que Oualid a raison, qu'à un moment il faut passer à autre chose, savoir rendre son tablier pour vivre vieux. Combien de temps peut-il encore tenir ? Pour l'instant il se sent plutôt bien dans cette jungle, parce qu'il est en pleine ascension, mais un jeune ambitieux finira bien par le détrôner, en le balançant ou en le buttant. Il a cinq ans maximum, c'est sûr, pour amasser du fric, et suffisamment pour tenir une vie entière, ça doit faire beaucoup, il faudrait qu'il fasse le calcul assez rapidement.

Demain soir, entre la came et la thune, il peut potentiellement toucher un pactole de quatre-cent-cinquante mille boules, la morale n'y résistera pas. Les loups ne se mangent pas entre eux, mais seulement s'ils sont encore sur leurs pattes.

Santa déambule square Alain Bashung, la fatigue est en train de prendre le dessus sur les amphétamines, il faut qu'il trouve un banc. Celui qui est libre n'est qu'à quelques mètres de trois toxicos qui préparent leur shoot, peu importe, c'est là qu'il essaiera de dormir. Son flacon de Dexédrine ne contient plus que quatre cachets, il les garde pour demain, car il devra tenir jusqu'au soir. Après il pourra arrêter, abandonner ou s'enfuir, il verra bien, soulagé au moins d'avoir vengé Nevada. N'importe qui passant par là le prendrait pour un clochard, un comble pour un représentant de l'ordre, quand il y pense ça le fait sourire, d'un rictus triste. Il est bien loin le jeune Bruno Santamaria, entré dans la police trente ans plus tôt, idéaliste et motivé, qui ressemblait un peu au Simon Winkler d'aujourd'hui. Les trois jeunes, sur le point d'échapper à leurs angoisses au moment où l'aiguille percera leurs veines, lui rappellent que son combat est vain, que les angoisses ne disparaîtront pas, qu'un dealer en remplacera toujours un autre, qu'un mac en remplacera toujours un autre, qu'un quartier pauvre sans trafic ça n'existe pas. C'est cette réalité qui a érodé ses idéaux, petit à petit, insidieusement, obstinément. Comme tous les flics de sa brigade il a d'abord tenté de la nier, réussissant à se convaincre qu'il pouvait au moins en réduire l'ampleur. Puis l'acceptant, persuadé que son travail permettait quand même de circonscrire le mal. Puis se faisant déborder, parant uniquement au plus pressé, au plus grave, au plus dangereux. Aujourd'hui il ne se sent plus la force d'en découdre, enfin seulement une dernière fois.

Dans la minuscule chambre de bonne, dans le lit à une place, Tyson et Djamila sont enlacés. Elle dort profondément, l'air apaisé, lui a les yeux grands ouverts. Il n'arrive pas à dormir, ses pensées s'enchainent, trop vite et trop nombreuses. C'est compréhensible, demain est un grand jour, son premier vrai combat, potentiellement ses premiers euros gagnés grâce à son sport, presque honnêtement, ça reste du clandestin. Il connait bien l'ambiance du hammam, elle est survoltée. Les parieurs viennent nombreux et ils n'aiment pas perdre. Lui sera outsider, il n'aura pas la salle derrière lui. Même son père ne sera pas là, il lui a interdit de venir et il ne le regrette pas, mais il aurait préféré que les choses se passent autrement, qu'il n'insulte pas Djamila, qu'ils ne s'engueulent pas, et qu'il soit dans les gradins pour le soutenir. Il n'arrive pas à lui pardonner, il a même honte de lui, heureusement que Djamila sait faire la part des choses. Comment Patrick a-t-il pu devenir raciste à ce point en étant lui-même immigré ? Était-il déjà aussi con avant que Bella ne disparaisse ? Est-ce parce qu'elle est morte qu'il s'est transformé en un alcoolique aigri ? Il n'en sait rien, il venait tout juste de naître.

Tout ce que son père lui a raconté c'est qu'en arrivant à Paris il rêvait d'ouvrir un club de Boxe, de former des champions, et que la vie ne lui en a pas laissé le temps. Avec un nouveau-né sur les bras il avait dû faire face à l'urgence, trouver de quoi survivre au quotidien, trouver rapidement un emploi stable, ce fut gardien d'immeuble, homme de ménage, bien loin de ses rêves de gloire. Le quartier changeait, des immigrés du monde entier atterrissaient là, cherchaient à se loger et Patrick y avait vu une aubaine pour arrondir ses fins de mois. Les expulsions manu militari, Tyson en a des souvenirs précis, violents, sa découverte du combat à mains nues. Dès l'âge de dix ans Patrick l'avait inscrit à la boxe, transférant tous ses rêves sur son fils. Est-ce parce qu'il aimait vraiment le combat qu'il avait accroché ou pour faire plaisir à son père ? Comment ne pas vouloir satisfaire un homme qui s'est sacrifié pour vous ? Peu importe la raison, aujourd'hui il a l'âme d'un combattant, et demain soir il le prouvera.

Après qu'Iman l'ait entrainé dans la chambre, Simon s'est vite retrouvé nu. Il n'a rien contrôlé, se laissant manœuvrer par ces mains expertes, happé par le cyclone du plaisir. Sa raison lui a conseillé de la repousser, mais l'histoire qu'elle vient de lui raconter l'a trop secoué, il n'a pas osé lui résister, la contrarier, ou risquer de la blesser en se refusant à elle.

L'incorruptible Simon vient de faillir, de s'engager sur le même chemin que Santa, celui qu'il méprise tant. Comme lui avait protégé Nevada, il a envie d'aider Iman, et les heures qui vont suivre devraient lui en donner l'occasion, la petite le mérite, il tiendra sa promesse, il la sortira des griffes de Oualid. Comment sa vision des choses a-t-elle pu changer si vite ?

Iman, à califourchon sur Simon, se laisse aussi emporter par le plaisir, faire l'amour avec envie ne lui est pas arrivé depuis bien longtemps, depuis son premier et seul grand amour, elle avait quinze ans. Ce dîner a été une première, la première fois qu'elle ose parler de ses mutilations à un homme, Santa était jusqu'à présent le seul être vivant qui soit au courant, par la force des choses. Mais pourquoi Simon ? Est-ce uniquement parce qu'elle veut qu'il l'aide, qu'il ait pitié. Non, il y a autre chose. Depuis le dîner au restaurant elle a confiance en lui, elle sent qu'il est simple, qu'avec lui elle n'a pas vraiment besoin d'être sur ses gardes. Elle aimerait pouvoir penser qu'il n'est jamais bien loin, rester sous sa protection pour toujours. Elle le regarde gémir, soumis, lui prend les mains et les presse sur ses seins de coton, comme si elle pouvait ressentir à nouveau les sensations perdues.

JOUR J

Aucun nuage ce matin pour filtrer les rayons du soleil, la journée du samedi s'annonce belle, la lumière est vive, apte à vous faire oublier toutes les misères du monde.

Iman n'est pas à la flânerie malheureusement. Dès que Simon a quitté l'appartement elle a sauté du lit, il devait penser qu'elle dormait, vu les précautions maladroites et très masculines qu'il a prises pour se préparer. Elle s'est habillée puis elle est sortie, en claquant la porte, comme indiqué par Simon sur le post-it. Elle est entrée dans la première épicerie qu'elle ait trouvée, y a acheté trois Kilos de farine et des sacs congélation bleus. Elle espère que ça fera la blague ce soir, au moins pendant quelques minutes, le temps que Simon intervienne.

Elle s'est ensuite rendue au 10, rue Myrha, a fait bien attention à ce que personne ne la voit, et s'est introduite dans l'appartement de Nevada, elle a toujours ses clés. C'était le seul endroit où elle pouvait être vraiment tranquille pour soigneusement préparer les sachets. Personne n'est venu remettre l'appartement en état depuis que Oualid et Mouss l'ont retourné, elle avait presque oublié ce moment merveilleux.

Se retrouver seule dans ce salon lui procure des sensations particulières. C'est dans cet appartement qu'elle a vécu ses années les plus heureuses à Barbès, mais c'est aussi dans cette pièce qu'elle a été torturée. Aujourd'hui l'endroit ressemble à un champ de bataille, elle pense à un trou de bombe, dont le point d'impact serait le tapis ensanglanté, le point de départ du cataclysme, l'œil du cyclone. Ce soir elle joue gros, ça passe ou ça casse, mais ce dont elle est certaine, c'est qu'il y a peu de chances qu'elle remette un jour les pieds ici.

Sur une étagère de son salon, Oualid déplace une pile de Blu-rays, un petit coffre apparaît, il l'ouvre, en prenant bien soin de masquer la combinaison car Mouss est dans son canapé. Il y a apparemment beaucoup d'argent à l'intérieur, et ça Mouss le remarque, il est bluffé. Oualid en extrait des liasses, quinze, de vingt billets de cinq-cents chacune.

Mouss se dit que ce n'est vraiment pas comme dans les films, les cent-cinquante mille euros rentrent très facilement dans une pochette Vuitton. Il se dit aussi qu'il lui suffirait de sortir son flingue et de le buter pour partir avec le magot, mais celui de Oualid est bien visible à sa ceinture, ça serait une chance sur deux, une probabilité trop faible. Oualid regarde les liasses, il serre les dents, c'est vraiment trop dur pour lui de sacrifier une telle somme, il reprend une liasse. Leurs regards se croisent, Mouss sourit, du coup Oualid en retire deux autres.

— Elle s'en apercevra pas cette conne.

Simon est au volant de la Peugeot grise, qu'il a décidé de ne pas rendre hier soir. Disons plutôt qu'entre contempler Iman endormie à côté de lui et ramener la caisse au dépôt, le choix avait été vite fait. Ce matin il a quand même dormi tard, du sommeil du juste si l'on peut dire, puis il a quitté l'appartement en prenant soin de ne pas la réveiller. La nuit lui ayant porté conseil, il a décidé de jouer cartes sur table avec le gros con des stups, quitte à griller sa couverture, la petite lui fait décidément prendre des risques inconsidérés. Il a retrouvé Carlos dans un café et lui a avoué son appartenance à l'IGPN. Le flic était déjà au courant. Même s'il n'en revenait pas d'avoir été repéré aussi vite, il n'a rien laissé paraître, et tout compte fait, ça a largement simplifié la situation. Il a pu rentrer directement dans le vif du sujet, lui demander d'intervenir sur une grosse livraison de came ce soir au hammam. Carlos l'a encore pris de haut alors il l'a menacé d'une enquête approfondie, pointilleuse, chiante et forcément à charge, sur son service, et là Carlos n'a même pas feint de protester.

Puis, il a essayé de joindre Santa, sans succès, alors il lui a envoyé un SMS: "Je sais que tu sais, il faut que je te parle". La réponse n'a pas trainé : "Moi aussi Square Bashung 16h".

Lorsque Simon pousse la grille il fait très beau, chaud même. Il aperçoit Santa, assis sur son banc tagué, tête baissée, rentrée dans les épaules. Simon s'approche prudemment et s'assoit à côté de lui. Les deux hommes ne prennent pas la peine de se regarder. C'est Santa qui ouvre le bal.

— Tu sais quoi ?

— Tout. Iman m'a raconté.

— Ça te plait l'IGPN ?

— Je me sens utile.

— J'ai passé toute ma vie à essayer de maintenir un semblant d'ordre dans ce putain de quartier. Même si je suis pas toujours du côté de ta morale, je crois aussi que j'ai été utile.

— Chacun se démerde avec sa conscience.

Simon tourne la tête vers lui, essayant d'attraper son regard, espérant une confrontation "les yeux dans les yeux". No way, Santa raconte, il se fout bien de ce que pense Simon.

— Deux semaines après que j'ai rencontré Nevada, Mathilde m'a annoncé qu'elle était enceinte, ça faisait deux ans qu'on essayait, j'ai pas su quoi faire. Alors, j'ai menti. À ma femme, à Jeannot, à tout le monde. J'arrivais pas à assumer, j'ai laissé faire. Le problème c'est que plus je l'aimais plus je me sentais du mauvais côté. Le jour où j'ai buté Salpieri, là je me suis senti du bon côté.

Santa n'est vraiment pas beau à voir, il est sale, il pue, il est défoncé, il n'inspire plus que de la pitié à Simon.

— Je vais être obligé de t'arrêter.

Santa tourne enfin la tête vers lui.

— Je suis sur le point de trouver l'enfoiré qui a buté Nevada. Laisse-moi jusqu'à ce soir.

— T'es même plus capable de trouver de l'eau à la mer.

Les deux hommes se fixent un long moment, le regard de Santa implore, celui de Simon renonce par compassion.

— J'attendrai demain matin pour demander le mandat. Parce-que t'as sauvé la vie d'Iman.

Simon se lève et s'éloigne. Santa le regarde partir, il aurait dû lui dire merci mais il n'a pas réussi. Il sort son téléphone et répond au SMS que Mathilde lui a envoyé deux jours plus tôt: “je suis dans la merde, occupe-toi bien du petit”. Les seuls mots qu'il ait trouvés.

HAMMAM

Le bâtiment est un hammam désaffecté dont toutes les ouvertures sur le boulevard sont murées. La grande enseigne lumineuse, qui devait faire la fierté des anciens propriétaires, porte les stigmates de quinze années d'inactivité, de pollution, d'ébauches de tags plus ou moins talentueuses et de démontages opportunistes. À une demi-heure du premier combat, les spectateurs s'engouffrent par petits groupes dans la ruelle adjacente pour rejoindre l'ancienne sortie de secours, seule porte donnant encore accès à l'intérieur. Un service d'ordre discret veille à ce que le remplissage s'effectue dans le calme, démontrant au passage que la notion de clandestinité de l'évènement est toute relative.

Santa se mêle aux arrivants, il compte avant tout trouver une place stratégique, qui lui permettra de repérer Oualid et de défoncer l'enculé qui, pour de la poudre, a buté l'amour de sa vie.

Patrick aussi est venu, pour rien au monde il n'aurait manqué le combat de son fils. Il repère Santa par hasard.

— Santa ! oh ! Qu'est-ce que tu fous là ?

La voix sort Santa de son excitation macabre. Il n'a pas du tout envie que Patrick vienne se mêler de ses affaires, et apparemment c'est réciproque.

— Tu vas pas me faire chier Tyson ?

— Non, je reste pas.

— T'es plus après lui ?

— Non. Il est en forme ?

— Je sais pas, il veut plus me parler ce con. C'est sa bougnoule qui lui monte la tête. C'est pire qu'une paire de menottes les rebeus.

Santa le regarde avec pitié. Ça fait longtemps qu'il s'interroge sur la dualité de cet homme, capable d'entretenir une amitié avec un noir, lui en l'occurrence, et de détester tous les autres, aimant et haineux à la fois, gros con mais touchant. Comme pour illustrer cette pensée, le regard de Patrick s'adoucit brusquement.

— Si jamais tu le vois dis lui pas que je suis là, j'ai peur que ça le déconcentre.

Amour indéfectible d'un père. Santa s'éloigne en pensant au sien, qui n'a plus donné de nouvelles depuis plus de trente ans, il est peut-être mort d'ailleurs, peu importe. Il pense inévitablement à son propre fils, qui, si les choses se déroulent comme elles le doivent, ne le connaitra qu'à travers la vitre d'un parloir. Pour Salpieri il prendra entre vingt et trente ans, et pour celui qu'il va abattre ce soir la même chose. À son âge ça équivaut à la perpétuité. Lucas souhaitera-t-il même le rencontrer ? Si son fils n'existait pas il se serait certainement tiré une balle dans la tête plutôt que de se rendre, mais le môme est entré dans sa vie. Alors il ne fuira pas.

Tous les combattants du jour sont réunis dans l'ancien vestiaire, dont l'alignement et la multitude des casiers en bois verni témoigne d'un passé populaire optimiste, même si l'épaisse couche de crasse qui les a recouverts depuis, et l'absence d'au moins une porte sur deux, prouvent qu'aujourd'hui la vie dans le quartier s'est sévèrement durcie. Mais Tyson est loin de ce genre de considérations, il est assis sur son banc, devant le casier branlant qui lui a été attribué, et son entraîneur est accroupi devant lui.

— T'es du premier combat. Tu tombes contre Benkassem, c'est un nerveux faut lui faire prendre des tours. Fais comme si tu voulais éviter le corps à corps et tu le piques, ça va l'énerver. Il va se déconcentrer, il va faire une erreur, et là faut pas le rater, mais t'auras pas beaucoup d'occasions. Tu vas en prendre plein la gueule mais c'est ta seule chance de gagner.

La sensation des coups qu'il va encaisser envahit déjà son corps, un frisson parcourt sa colonne vertébrale. Samuel le remarque, il gueule.

— Oh ! Compris ?

— Compris coach !

— Ok. Je vais voir Fatmir.

Fatmir c'est son poids lourd, sa seule vraie chance de victoire ce soir. Il pense sincèrement que Tyson y arrivera, un jour, mais pas ce soir. Surtout qu'il voit Djamila entrer dans le vestiaire, déconcentration garantie ! Tous les regards se tournent vers elle, bien sûr, accompagnés d'inévitables ricanements.

Lorsqu'il l'aperçoit Tyson est d'abord déstabilisé, mais les quelques bribes de commentaires flatteurs qui parviennent jusqu'à lui le rendent instantanément fier. Leurs deux sourires apparaissent simultanément. Elle s'approche de lui presque timidement.

— Ils m'ont laissée rentrer. Je voulais te dire que je serai dans la salle, tu vas gagner, tu mérites.

— C'est Benkassem en face quand même, ça va être dur. Mais la vie de ma mère, je vais tout donner.

Elle adorerait le serrer dans ses bras, ou mieux l'embrasser mais elle sait qu'ils vont être la risée du vestiaire, alors elle se penche à son oreille.

— Je vais t'envoyer plein de bonnes ondes.

Elle l'embrasse furtivement dans le cou, des sifflets fusent, Tyson rougit, le problème avec les peaux rousses c'est que ça se voit tout de suite, et Samuel craque.

— Putain Tyson c'est pas le moment merde !

Djamila se redresse et le toise, l'air de dire : "Je fais ce que je veux, c'est mon mec !" et s'éloigne. L'entraîneur se dit que la petite a du caractère, et qu'après tout ça forgera peut-être aussi celui de Tyson.

La salle centrale du hammam est un immense rectangle, entouré de gradins et de colonnes, l'ensemble étant entièrement recouvert de mosaïque, dans des variantes de bleus, la douce ambiance orientale qui en émane paraît totalement hors sujet au regard de la violence qui va s'y déchainer dans quelques minutes. Les gradins sont maintenant pleins à craquer. Au centre, l'ancien bain de pied, ceinturé par trois cordes, délimite un ring de fortune. Les spectateurs occupent tout le reste de l'espace, au point que les combattants pourraient presque leur marcher sur les pieds s'ils n'y prennent pas garde. Un plafonnier sur deux est pété, créant de nombreuses zones d'ombre dans le public, seul le ring reste totalement visible. Patrick est assis au dernier rang, il a choisi une place peu éclairée justement, pour que Tyson ne puisse pas l'apercevoir.

Un homme grassouillet et gominé prend place au milieu du "ring", un porte-voix en plastique rouge à la main. Le temps d'en régler le volume, les spectateurs peuvent profiter d'un bref concert de larsens, une sorte de mini première partie avant l'attraction principale.

— Bonsoir ! Mesdames, si, si, j'en ai vu deux (il fait la même blague à chaque fois, on se demande pourquoi il y en a encore qui se marrent), et messieurs, le premier match opposera Tyson Iovanovic à Benkassem Abdalaoui. Les paris sont ouverts pendant 10 minutes. Faites entrer les combattants.

Les applaudissements et les cris résonnent terriblement entre les murs en carrelage. Patrick est debout, il siffle entre ses doigts et hurle, en vérité il est ému.

— Ouais ! Tyson ! Tyson !

Oualid, lui, n'applaudit pas. Il est assis à côté de Mouss, dans une zone sombre évidemment, et il scrute la foule à la recherche d'Iman, mettant ainsi à profit les longs moments passés à la fenêtre de son appartement. Ils sont arrivés tôt, espérant coincer Iman avant même les combats, mais ils ont fait chou blanc, la pute a bien préparé son coup. Et pour l'instant elle reste totalement invisible.

Et pour cause. Elle est arrivée en milieu d'après-midi et a profité des allées et venues des livreurs de boisson pour se glisser à l'intérieur. Elle est tapie dans le noir depuis plusieurs heures, dans l'ancien vestiaire du personnel, dont l'accès est interdit par une pancarte écrite à la main : "entrée strictement interdite. Danger". La moitié du plafond de la pièce est par terre, des étais maintiennent ce qu'il en reste. Des vieux casiers métalliques trainent au milieu des gravats et c'est dans l'un d'eux qu'elle a déposé le sac plastique blanc, parce que la clé était restée sur la serrure et qu'il a été le seul à daigner se verrouiller. Tous ses espoirs résident maintenant dans cette petite clé rouillée, bien au chaud dans le coton de son soutien-gorge, tout près de ses cicatrices, comme un sésame pour sa nouvelle vie. C'est aussi à cet endroit qu'elle a senti son cœur accélérer lorsque la foule s'est mise à hurler, elle va devoir y aller.

Santa lui, est adossé à un mur du couloir de l'entrée, c'est la place qu'il a choisie, celle qui interdira toute fuite à l'assassin. Il vérifie régulièrement l'écran du téléphone de Tyson, pour ne pas rater le signal de Oualid.

Les combattants montent sur le ring, ils se toisent pendant que le speaker fait les présentations.

— À ma gauche Benkassem Abdalaoui, un mètre soixante-dix-huit soixante-dix-sept kilos, avec dix combats et huit victoires sa côte est à un et demi contre un. À ma droite Tyson Iovanovic, un mètre quatre-vingt pour soixante-quinze kilos, il combat pour la première fois ce soir donc il vous offre une super côte de six contre un. Je vous rappelle que les combats auront lieu en trois rounds de trois minutes et que les...

La voix se perd dans le brouhaha des parieurs qui hèlent les collecteurs, bras tendus, billets à la main. Patrick sort son portefeuille et gueule.

— Ici ! cinquante euros sur Tyson !

Son voisin de gradin est un maghrébin, qui le regarde amusé, en mettant dix euros sur Benkassem. Patrick s'adresse à lui avec mépris.

— T'as raison ! Donne-moi ton pognon ! Tyson va le plier ! Je le sais c'est mon fils.

La Peugeot grise est garée en face du hammam, Simon observe les quelques retardataires qui s'engagent encore dans la ruelle. Le point de vue que lui offre cet emplacement est idéal, aucune personne sortant du hammam ne peut lui échapper. La portière côté passager s'ouvre, Carlos s'installe dans la voiture, et attend quelques secondes avant de parler, pour que sa phrase pèse de tout son poids.

— T'es content de toi Winkler ?

— Je suis content que les stups fassent leur taf, dommage que ce soit sous la menace.

— J'aurais été à deux ans de la retraite je t'aurais envoyé te faire foutre.

— T'es venu seul pour le serrer ?

— Faut que je sois discret, c'est mon indic. T'es en train de foutre en l'air des mois de travail.

Simon se sent très con. Carlos s'était bien gardé de le lui dire lorsqu'il l'a menacé ce matin. Ce vieux briscard l'a laissé se mettre tout seul dans la merde. Il aurait dû se douter qu'il lui préparait quelque chose, il avait abdiqué trop vite pour un flic aussi expérimenté. Comment pourra-t-il justifier l'arrestation d'un indic ? Par le bleu au front d'Iman ? C'est très fragile, et ça n'a rien à voir avec sa mission pour l'IGPN, il paraîtra évident à tout le monde qu'il a agi à titre personnel, et si sa liaison avec Iman est découverte il va foutre sa carrière en l'air. En plus Oualid sera relâché très vite, sûrement dès demain matin, il aura pris tous ces risques pour rien. Il est effectivement dans la merde, pourvu que rien ne dérape.

Il y a quelques minutes Iman a quitté sa cachette pour venir se poster discrètement à l'entrée de la salle principale, en attendant que le combat commence, que l'attention de tous les spectateurs soit focalisée sur le ring. La cloche retentit, elle compose le numéro de Oualid et rentre dans la salle, téléphone rivé à l'oreille. La foule est tellement bruyante qu'elle doit se boucher l'autre pour entendre.

— T'es où ?

— *Dans l'axe de l'entrée, au troisième rang.*

— Ok, je te vois.

Les premiers coups des deux combattants sont prudents, Tyson n'est pas très rassuré, il sait que la phase d'observation ne va pas durer bien longtemps, encore cette histoire de calme avant la tempête. Iman se faufile entre les spectateurs pour rejoindre Oualid et Mouss, après une dizaine de "pardon, excusez-moi" elle s'assoit à côté de ses deux meilleurs ennemis. Oualid désigne sa blessure au front.

— Qu'est-ce qui t'est arrivé ?

— Un client qui s'est un peu lâché, t'inquiète, je suis habituée.

Oualid n'est pas du tout attendri, et s'il savait qu'elle raconte que c'est lui qui l'a frappée, il le serait encore moins. Mais ses pensées sont toutes à leur affaire.

— Elle est où ma came ?

— La thune s'te plaît.

Il entrouvre sa pochette Vuitton, Iman voit les liasses.

— Y'a le compte ?

— Quinze fois dix mille ça fait combien ?

— Donne !

— Quand j'aurai ma came.

Oualid donne sa pochette à Mouss. Iman plonge la main dans son soutien-gorge. Elle enlève discrètement le petit bout de coton qui est resté accroché à la clé, et la lui tend.

— Dans le vestiaire du personnel, celui qui est condamné, dans un casier métallique, tu peux pas le rater il est par terre au milieu de la pièce.

— Mouss, je t'appelle quand je l'ai récupérée.

Oualid prend la clé, se lève et passe en force entre les rangées de spectateurs. Ils aimeraient l'insulter mais la tension qui se lit sur son visage est un répulsif efficace.

Benkassem intensifie, Tyson lève sa garde, juste à temps pour éviter le pire, mais la pommette sous son œil gauche vient de péter. Il recule et reprend sa position de défense, il bascule sa tête de droite à gauche pour reprendre ses esprits, dans le silence on entendrait les vertèbres de son cou craquer.

Santa vérifie à nouveau le téléphone de Tyson, toujours rien, l'attente est totalement insoutenable, d'autant que les deux dernières Dexé qu'il a avalées sont en train de monter très fort. Il a envie d'en découdre, il compose le numéro de Djamila.

Dans le vestiaire délabré, Oualid est penché sur le casier métallique, renversé au centre de la pièce. Il est en train d'ouvrir le sac plastique pour vérifier son contenu, ce sont bien des sachets bleus, c'est bon signe, il faut qu'il en vérifie au moins un pour être totalement rassuré. La sonnerie à la con du téléphone de Djamila retentit, il sursaute. Il sort le téléphone de sa poche, c'est forcément Santa.

— *T'es où ?*

— Au vestiaire des femmes de ménage, celui qui est marqué interdit. Ramène-toi et je te dirai c'est qui.

Au moment où il raccroche un vigile entre, il a entendu la sonnerie du téléphone depuis le couloir. Oualid sursaute une seconde fois.

— Hé c'est interdit d'être ici !

Le vigile montre la pancarte sur la porte, Oualid ferme calmement le sac et se lève, il n'a pas eu le temps de vérifier son contenu, ça le contrarie. Il prend un air innocent, donc peu crédible.

— Désolé, j'avais pas vu.

Tyson, recroquevillé derrière ses poings, encaisse les coups. Il est toujours debout mais il tangue un peu, il n'est plus très lucide, son visage commence à être très marqué, sa pommette saigne abondamment. Sa seule tactique à ce moment précis, c'est d'essayer de rester debout jusqu'à ce que la cloche retentisse, les secondes lui paraissent une éternité, il se dit que c'est seulement le premier round, et que ce combat va être un vrai calvaire. La foule s'amuse de sa déroute, mais pas Patrick. Il est debout, rouge écarlate, les deux mains autour de la bouche.

— Vas-y Tyson ! Ton gauche putain ! Reste pas planté comme un con merde ! Mets-lui ton putain de gauche au bougnoule !

Son voisin de gradins est maghrébin. Il le regarde d'un sale œil et se promet que si ce con dit encore une fois un truc pareil il lui en colle une.

Au même moment, Santa remonte le couloir des vestiaires, téléphone à l'oreille. En face de lui Oualid, téléphone à l'oreille aussi, il sort du vestiaire désaffecté sous le regard suspicieux du vigile. Les deux hommes, qui ne se sont jamais vus, se repèrent instantanément grâce aux téléphones. Ils raccrochent et Santa emboîte le pas de Oualid, qui lui adresse un sourire moqueur.

— Je la voyais pas avec un renoi Nevada.

Santa est affligé, décidément la connerie n'a ni âge, ni nationalité.

— Tu me le montres ?

— Je te "la" montre.

Santa s'arrête net, laissant Oualid avancer seul, il vient de se prendre un uppercut.

Tyson aussi vient d'en prendre un, il est en sang dans les cordes, sonné mais toujours debout, l'arbitre commence à le compter. Il profite de ces quelques secondes de répit, pendant lesquelles son esprit divague, cotonneux, pour reprendre son souffle. C'est une drôle de sensation, il ne sent presque plus ses blessures. Il pense à Djamila, assise quelque part dans les gradins, effondrée et déçue devant le spectacle pitoyable, peut-être inquiète aussi. Il la cherche dans la foule mais ne la voit pas bien sûr, alors il sourit espérant qu'elle s'en aperçoive, pour lui montrer qu'il n'est pas encore mort. Puis il se tourne vers l'arbitre, et lui fait signe qu'il reprend le combat.

— Fight !

Benkassem repart tout de suite à l'assaut, les coups pleuvent, douloureux, deux ou trois de plus et

Tyson va s'écrouler. Mais le son de la cloche retentit, salvateur. C'est la fin du premier round, ouf !

Mouss est en ligne avec Oualid qui lui donne le "go".

— *C'est bon j'ai récupéré le paquet.*

Il raccroche et tend la pochette Vuitton à Iman

— Tiens, t'as gagné un "Messenger".

Elle le prend et l'inspecte.

— C'est un faux.

L'arrogance d'Iman ne lui fait aucun effet, il se dit que dans quelques minutes elle sera morte et ça le détend. Il déroule la suite des évènements, rejoindre Oualid et attendre sagement que le flic bute la fille, puis récupérer la thune et s'occuper de Oualid. Les potes qu'il a fait venir sont déjà postés à l'extérieur, il n'a aucune chance de s'en sortir à cinq contre un. Il se lève, il a le sourire.

Santa vient justement de rejoindre Oualid, qui pointe Mouss du doigt.

— Tu vois le gros qui se lève ? Et ben c'est la renoi qui est assise juste à côté.

— J'avais compris.

Santa l'avait pressenti lorsqu'il a entendu "elle", ça ne pouvait être qu'Iman. Il est extrêmement déçu, mais il aurait du y penser, c'était évidemment la seule à savoir que de la came était planquée dans l'appartement. Cette môme qu'il aimait bien, en qui il avait confiance, est en réalité une vraie saloperie.

Il se met en marche, son visage s'est transformé sous l'effet de la colère, tout son corps n'est que tension.

Samuel tamponne inutilement la pommette amochée de Tyson. Il constate au passage que l'arcade aussi est touchée, ça pisse le sang. La déroute est pire que ce qu'il imaginait, il ne sait pas quoi lui dire pour le remotiver, et pour la première fois, il n'arrive même pas à l'engueuler.

Patrick se rassoit, dépité, il craint le pire, Tyson va perdre, c'est quasiment certain. Il est persuadé que c'est sa copine qui lui vrille le cerveau, il faut qu'elle dégage cette bougnoule, dès demain il s'en occupera. Le maghrébin assis à côté de lui le regarde en se marrant, ça le hérisse, décidément il ne peut plus les supporter.

Iman, les deux mains dans le "Messenger", compte discrètement les liasses. L'exercice est compliqué car il y a du monde partout autour, le compte n'y est pas, elle a dû se tromper, elle recompte.

— Enfoiré !

Oualid l'a entubée de trente mille, ce type est vraiment minable. Cela dit cent-vingt mille c'est déjà pas mal, surtout pour trois kilos de farine. Elle sort son téléphone et appelle Simon, les yeux rivés sur la pochette, elle veut encore recompter.

— C'est moi, il arrive, la came est dans un sac plastique blanc.

Lorsqu'elle relève la tête, elle découvre Santa, planté devant elle, les yeux injectés de sang, quelque chose ne va pas.

— Sale pute.

Effectivement, elle a dû rater quelque chose, mais quoi ? Ce n'est pas parce qu'elle escroque Oualid qu'il peut lui en vouloir, ça pourrait même le faire marrer. Les risques qu'elle a fait prendre à Tyson ? L'enlèvement de Djamila ? Il ne la connait même pas. Ce dont elle est sûre c'est que ce regard-là, elle ne l'a vu qu'une fois, le jour où il a abattu Salpieri. Elle a toujours le téléphone à l'oreille, et Simon n'a pas raccroché.

— Viens vite !

Simon ouvre sa portière tout en s'adressant à Carlos.

— Oualid arrive, fais ton job, moi j'ai une urgence.

Il claque la porte et part en courant vers l'issue de secours du hammam. Il a toujours son téléphone à l'oreille.

— Iman t'es où ?

À l'intérieur la cloche retentit. Le combat reprend.

Iman est dans le couloir des vestiaires, poussée brutalement par Santa, il cherche un endroit tranquille pour lui régler son compte. Elle a toujours son téléphone en main, surtout ne pas raccrocher, Simon doit la chercher. Elle aperçoit des boxeurs qui s'échauffent, alors elle parle fort.

— Qu'est-ce que t'as ? T'es défoncé ?

Les boxeurs réagissent mais Santa leur coupe l'herbe sous le pied, il sort sa carte.

— Police ! Dégagez !

Il vient de repérer la porte du fond, accès interdit, c'est parfait. Il pousse Iman à l'intérieur.

De son côté Simon essaye de se frayer un chemin au milieu de la foule, sa carte de police à la main, son téléphone à l'oreille, il entend très mal ce que dit Iman, la voix est lointaine et entrecoupée de nombreux bruits de frottements, et en plus l'ambiance dans la salle est à son comble. Il bouscule ceux qui freinent sa progression en gueulant.

— Police ! Dégagez ! Iman t'es où putain ?

Les spectateurs autour de lui se taisent progressivement et se figent, croyant à une descente de police.

Oualid et Mouss eux sortent tranquillement du hammam, ils viennent dc croiser un taré qui courait avec son téléphone mais plus rien ne peut les inquiéter. Ils ont la came, ils sont dehors, le plus dur est fait. Mouss vérifie discrètement que ses quatre mecs sont bien planqués un peu plus loin. Oualid lui tend son poing. Check.

— T’es trop fort gros, y’a plus qu’à attendre l’autre Bambi.

— Oualid !

Oualid se fige, il devient livide, c’est la voix rocailleuse de Carlos qu’il vient d’entendre. Mouss comprend vite qu’un grain de sable vient se foutre dans l’engrenage.

— C’est qui ?

— T’inquiète, je reviens.

Oualid se dirige vers Carlos en priant pour que Mouss ne le suive pas, mais Carlos aussi s’avance vers eux, tout en parlant, fort.

— Tu t’intéresses à la boxe ?

— Des fois.

— Y’a quoi dans le sac ?

— J’ai récupéré le matos, ça roule.

Oualid a presque chuchoté sa dernière phrase, mais Mouss l’a entendue, car il a suivi, il n’est pas du genre à lâcher sa proie aussi facilement. Carlos enchaine.

— Non ça roule pas, les choses ont un peu changé ces derniers jours.

— Comment ça ?

— Je suis obligé de t’arrêter Oualid, sinon c’est moi qui me fais baiser.

Mouss prend un air menaçant alors Carlos sort sa carte et arrache le sac des mains de Oualid.

— T’inquiète pas je m’arrangerai pour que tu sortes vite.

Mouss hallucine.

— Wesh ! T'es une balance frère ou quoi ?

— Je t'expliquerai.

— Tu m'expliqueras rien du tout, je parle pas avec les balances moi.

Il se tourne vers Carlos.

— J'ai rien à voir là-dedans moi m'sieur, j'ai rien sur oim, j'ai pas de came, j'ai rien.

— J'en ai rien à foutre de toi.

— Ben voilà ! Je me casse.

Il part prudemment en direction de ses potes, mais une fois qu'il est assez éloigné pour ne plus rien risquer, il gueule.

— Je l'ai toujours senti que t'étais un baltringue Oualid ! Remets plus jamais les pieds à Barbès sinon t'es un homme mort !

Dans le vestiaire Iman se fait malmener, Santa vient de la balancer contre un casier métallique.

— Tout ça pour de la came ?

— Mais quoi ?

— Pour te faire de la thune ?

— J'allais pas laisser la came, c'est débile.

— Tu l'as butée pour te faire de la thune alors qu'elle t'a accueillie ! T'es la pire saloperie que j'ai jamais croisée !

— Arrête, t'es cinglé, je l'ai pas tuée !

Santa sort son flingue. Iman est prise de panique, son regard la terrifie, elle plaque son téléphone à sa bouche.

— Les vestiaires ! Les vestiaires !

— À qui tu parles ?

Il lui met une grande gifle, le téléphone éjecte.

Dans la salle principale Simon progresse de plus en plus bruyamment.

— Les vestiaires ! Police ! C'est où les putains de vestiaires !

Tyson en prend plein la gueule, il n'est plus en pleine conscience, mais Benkassem si. Il vient de sentir qu'il se passe quelque chose d'anormal dans la foule, le son n'est pas comme d'habitude. Alors il tourne la tête un quart de seconde et Samuel hurle.

— Maintenant ! Gauche !

Tyson décoche un crochet du gauche sans réfléchir, il n'en est plus capable, qui atteint par miracle son adversaire en pleine tempe. L'arcade de Benkassem éclate aussi, maintenant les deux sont en sang. Patrick se lève en hurlant.

— Vas-y mon fils ! Gauche encore !

Tyson place un uppercut du gauche dans la foulée, l'autre finit dans les cordes, totalement sonné. L'arbitre commence à le compter. Benkassem temporise, il entend les chiffres, six, sept, huit, c'est maintenant ou jamais. Dans un élan d'orgueil il se redresse et fait signe qu'il reprend le combat, mais son cerveau ne répond presque plus. La foule exulte, le combat devient enfin excitant.

— Fight !

Santa braque son flingue sur Iman, elle est en larmes.

— Je l'ai pas tuée ! Je te jure.

— Je le sens depuis le début que tu me la fais à l'envers !

— Non, je te jure que c'est pas moi !

— Je sais que tu mens ! Tu mens tout le temps ! C'est fini.

Il arme le chien.

— Arrête Santa.

Simon le braque, il vient enfin de trouver ce putain de vestiaire ! Santa se retourne d'un coup et le braque aussi.

— Qu'est-ce que tu fous là toi ? On avait un accord. C'est elle qui a buté Nevada.

— C'est pas elle.

— Iman ! Dis la vérité ! Au moins une fois dans ta putain de vie !

— Mais c'est la vérité ! Nevada c'était comme ma sœur, jamais je lui aurais fait du mal. J'ai juste récupéré la came, elle était déjà morte, je te le jure, j'ai juste récupéré la came.

Les deux hommes sont face à face, armes aux poings.

— C’est pas elle Santa, la crim’ a interrogé Amobé, elle était à l’hôtel quand c’est arrivé, elle a un alibi !

Santa baisse son flingue. Il se laisse tomber sur un banc et se prend la tête dans les mains.

— Je comprends plus rien, je pète un câble.

— C’est fini Santa, tes conneries c’est fini. On avait dit jusqu’à ce soir. Je t’arrête pour le meurtre de Salpieri.

Iman se mord la lèvre inférieure. Elle ne le fait pas volontairement mais elle serre fort, de plus en plus fort, elle voudrait que la douleur apparaisse, qu’elle envahisse toute sa bouche et que le goût du sang s’y mêle. Mais elle n’apparaît pas, parce que la douleur a toujours été en elle, et qu’elle passe sa vie à essayer de l’expulser, parce qu’elle contient toute sa détresse et tous ses regrets. Jamais elle n’aurait pensé déclencher un tel tourbillon de souffrances autour d’elle lorsqu’elle a ouvert la trappe sous la baignoire. Elle l’a juste fait parce qu’elle pensait que l’argent serait une solution, pour s’en sortir, pour en finir avec ses emmerdes. Elle voudrait s’excuser mais il est trop tard.

Sur le ring les deux visages sont en sang, mais Tyson fait maintenant jeu égal avec son adversaire, qui ne se remet pas de son semi K.O. Ses coups sont moins puissants, moins vifs, moins douloureux pour lui, il commence presque y croire. Quand la cloche sonne et qu'il rejoint son coin, le monde n'est que brouhaha, celui des spectateurs qui hurlent et celui du flot des paroles de Samuel, qui a d'ailleurs l'air de très bonne humeur. Mais ses pensées vont encore à Djamila, qui doit vibrer pour lui, à qui il va peut-être ramener cinq-cents boules, à qui il va prouver qu'elle peut croire en lui.

Il ne peut pas le savoir mais Patrick est fier. Quelle que soit l'issue du combat, son fils sortira la tête haute, il aura prouvé qu'il a l'âme d'un champion. Il aimerait être au bord du ring pour l'encourager, mais il ne veut pas risquer de le déstabiliser, il ira le féliciter tout à l'heure, ils finiront forcément par se réconcilier. En attendant il regarde fièrement son voisin, puis s'assoit, essoufflé.

— Je te l'avais dit, il va le niquer.

La porte du vestiaire s'ouvre. Le vigile entre et découvre la scène, heureusement que Simon et Santa ont rangé leurs armes, sinon il aurait déclenché l'alerte générale.

— Putain mais qu'est-ce qui se passe ici ce soir ? Ça va madame ?

— Ça va

— C'est la police c'est bon.

— Je peux voir votre carte ?

Simon s'approche de lui, carte en main. Le vigile la vérifie avec attention. Simon se dit que le type essaye juste de se donner de l'importance car tout le monde sait qu'il est impossible de déterminer à l'œil nu si une carte de police est vraie ou fausse. Ça a au moins la vertu de le détendre un peu. Et Iman vient de profiter de quelques secondes de réflexion supplémentaires, juste assez pour prendre encore une décision dans l'urgence, elle se jure que ce sera la dernière. Pendant que Simon revient en sortant ses menottes, elle se penche vers Santa et chuchote.

— La vie c'est comme le jazz.

Elle se lève et se plante devant Simon.

— Je t'ai menti, c'est moi qui ai tué Salpieri.

Au tour de Simon de se prendre un uppercut, l'ambiance est définitivement à la boxe.

— Tout ce que je t'ai raconté c'est vrai, mais Santa lui a juste mis la balle dans la jambe. C'est moi qui ai tiré dans la tête, je pouvais pas supporter qu'il vive.

Simon regarde Santa, qui a eu l'air surpris pendant une demi-seconde, ça ne lui a pas échappé. Puis il fixe Iman.

— Tu mesures bien ce que tu fais ?

— C'est ça qui s'est passé.

La cloche retentit. Tyson est remonté comme une pendule, il prend même des initiatives, il est redevenu lucide, galvanisé par l'idée qu'il peut gagner. Benkassem lui, n'est toujours pas tout à fait au clair, le crochet qu'il a reçu à la tempe le fait souffrir, il a l'impression d'avoir l'empreinte métacarpienne de son adversaire à la place du cerveau, le traumatisme frôle l'hallucination. Tyson commence à nettement dominer, Patrick est debout, hystérique, mais il s'essouffle.

— Vas-y Tyson ! Envoie du pâté ! Mets-lui sa race !

Puis ses phrases deviennent bizarres.

— A s'y ! ique sam !

Il s'en rend compte. La Sensation est étrange, ses mots ne lui semblent pas complets, il n'arrive plus vraiment à articuler, c'en est presque comique. La partie gauche de son visage se fige, dure comme du bois. Il parvient à tourner la tête vers son bras gauche, qu'il n'arrive plus à contrôler.

Iman sort du hammam, encadrée par Santa et Simon, ils semblent un peu apaisés, mais pas Oualid lorsqu'il les aperçoit.

— C'est cette salope putain ! C'est elle qui a foutu la merde !

Simon adresse un regard froid à Carlos et monte dans la voiture. Iman se tourne vers Santa, elle sort discrètement trois liasses de la sacoche, trente mille euros tout rond.

— Tu peux donner ça à Tyson ? C'est sa part.

Santa met ça dans sa poche, sans poser de question. Il se doute que cet argent a quelque chose à voir avec la came qu'elle a volée, mais ça n'a plus aucune importance. Elle lui sourit, et lui aussi.

— Pourquoi t'as fait ça ?

— Si je montre ce que Salpieri m'a fait, j'aurai des circonstances atténuantes, je peux même être acquittée.

— Je sais pas si t'as bien fait, mais merci.

— Juste j'improvise... Et puis moi j'ai pas de gosse.

L'émotion dans leurs regards est sincère. Elle lui prend la main.

— Rentre chez toi.

— Je dois continuer à chercher.

Elle lui caresse la main puis rejoint Simon dans la Peugeot grise. Santa regarde la voiture s'éloigner, Oualid aussi.

— C'est ma thune putain ! Elle vient de lui filer ma thune cette pute !

Pendant qu'il hurle, Carlos fouille le sac plastique et prend un des sachets. Avec l'ongle de son auriculaire il le perce, et goûte.

— C'est de la farine ta came !

— Hein ?

Il lui tend le sac.

— Je peux pas t'arrêter pour trafic de farine.

Le regard de Oualid passe de Carlos à Mouss et ses potes, plusieurs fois.

— Arrête tes conneries, me laisse pas là, je vais me faire défoncer putain !

Carlos lui ouvre la portière de sa caisse.

— Si tu veux je te jette dans Panam, c'est tout ce que je peux faire.

À l'intérieur Tyson a définitivement pris le dessus sur son adversaire, il enchaîne les séries, Benkassem vacille, pose un genou à terre, son torse est couvert de sang. L'arbitre commence à compter.

— Un, deux.

Patrick se laisse tomber sur son siège, il n'est plus capable de gueuler, ni de parler. Il n'est même plus capable de demander de l'aide, que son voisin ne lui aurait de toute façon pas apportée.

— Trois, quatre.

Benkassem remue la tête, de droite à gauche, pour essayer de remettre son cerveau en marche, et quelques pensées lui viennent. Ce combat était pour lui, comment les choses ont-elles pu aussi mal tourner ? Que s'est-il passé dans la salle qui l'ait déconcentré, qui lui ait fait tourner la tête un quart de seconde, à peine ? Suffisamment en tout cas pour que tout bascule, comment est-ce possible ?

— Cinq, six.

Patrick aussi aimerait pouvoir remuer la tête mais c'est impossible. Bizarrement ses pensées fonctionnent parfaitement, mais son corps presque plus. De son bras droit, son dernier membre encore valide, il soulève le gauche, mais il retombe, inerte. Alors l'image du bras de Nevada lui revient à l'esprit, il est lui aussi retombé mollement sur le tapis après qu'il l'ait soulevé, exactement comme le sien à l'instant. La pute venait de s'étaler devant lui, son cou pissait le sang. Il est resté là un long moment, son couteau à la main.

— Sept, huit.

Il se souvient de tout ce soir-là. Du moment où elle a poussé la porte du 10, de la tête qu'elle a fait quand elle est tombée nez à nez avec lui. Il l'attendait, il a vu la peur se dessiner sur son visage, pendant un très court instant. Alors il a cru qu'elle allait l'écouter, accepter de lui verser les trois cent euros de commissions qu'elle lui devait. Ça faisait trois mois qu'elle l'évitait, qu'elle trouvait toujours une bonne raison pour ne pas le payer, pas le temps, pas le cash, et ci et là. Mais au lieu de ça elle s'est mise à l'insulter, avec mépris, tout est sorti d'un coup, en rafales. Il n'était qu'un gros facho raciste, une merde profitant de la détresse des immigrés, un alcoolique repoussant, aigri et sale, vivant à travers son fils ce qu'il avait été incapable d'accomplir, qu'il ne lui faisait pas peur, qu'elle espérait le voir crever, et surtout qu'elle ne le payerait plus jamais. Elle l'a même menacé de faire intervenir Santa, pour qu'il le dénonce et qu'il le fasse arrêter. C'est à ce moment-là que tout a basculé, qu'il s'est figé, incapable de réagir, et qu'elle est partie vers l'escalier en riant. Cette pute venait de l'humilier, cette bougnoule qui devait gagner dix fois plus que lui refusait de le payer, lui qui bouclait difficilement les fins de mois malgré les commissions. Elle était belle, riche et libre, tout ce qu'il n'avait jamais réussi à être. La haine l'a envahi, il s'est juré que plus jamais un arabe ne le dominerait, ils avaient déjà envahi son quartier mais ils n'auraient jamais son immeuble. Alors il est allé dans sa cuisine, prendre un couteau.

— Neuf.

Benkassem s'accroche aux cordes pour se relever, mais il n'y parvient pas. La main droite de Patrick vient de tomber le long de son corps, du sang coule de son nez, il est mort. L'arbitre met ses bras en croix.

— Dix.

Tyson lève les bras au ciel, Djamila aussi. Comme par miracle leurs regards se sont trouvés. Lui a le visage en sang, elle est en larmes, mais ils sont heureux. Il pense furtivement à son père, il aurait aimé qu'il assiste à sa victoire, ce sera pour la prochaine fois, ils finiront bien par se réconcilier.

AND END

Dans la voiture de Carlos Oualid sort son téléphone et compose le numéro d'Hamid. C'est le seul qui puisse encore l'aider, récupérer ce qui lui reste de thunes dans le coffre de son appartement et organiser sa fuite au bled. Il devra revoir ses prétentions à la baisse mais il est toujours vivant, il finira bien par se refaire. Ce qu'il avait presque réussi à Barbès, il peut le refaire ailleurs. Mais il tombe sur son répondeur. Alors il appelle sa mère, Hamid doit être avec elle.

— Yemma, c'est moi, faut que je parle à Hamid, il est avec toi ?

Mais sa mère est en pleurs. Il écoute le mélange de cris et de larmes qui lui parvient, il ne déchiffre ce qu'elle lui dit que par bribes, c'est malheureusement suffisant pour qu'il comprenne, son visage se décompose. Hamid s'est pris une balle.

Dans la voiture de Simon le silence règne. Iman serre la sacoche contre son ventre en regardant Barbès défiler derrière la vitre. Elle aimerait retrouver un peu de légèreté mais elle ne peut pas s'empêcher de penser à son avenir, totalement incertain, comme d'habitude. Elle va sûrement faire un passage par la case prison, au moins en préventive en attendant son procès, et quand elle sortira que lui restera-t-il ? Les quatre-vingt-dix mille euros qu'elle serre contre son ventre ? Pas de quoi s'acheter un appartement, mais quand même suffisants pour lui permettre de survivre à Paris trois ou quatre ans, le temps de trouver une nouvelle idée, mais plus dans l'urgence, c'est déjà ça. Simon aussi peut-être, pourrait l'aider, s'il ne la fuit pas de peur de nuire à sa carrière. Elle le regarde, il n'a pas dit un mot depuis qu'ils sont partis du hammam. Elle aimerait bien savoir à quoi il pense, mais elle n'a vraiment envie que de légèreté. Alors elle brise le silence avec une phrase simple, sans conséquence.

— Faut qu'on passe chez toi, y'a mes affaires.

Il lui sourit. Cette fille est toujours un mystère pour lui. Il n'arrive pas à envisager une vraie relation avec elle bien sûr, sa morale l'en empêche, mais il n'arrive pas non plus à s'imaginer loin d'elle, il voudrait la garder auprès de lui encore un peu, la protéger encore un peu.

— Je peux peut-être attendre demain pour t'arrêter.

Ce qu'il vient de lui dire la met de bonne humeur, elle se dit que tout n'est pas perdu, qu'elle aura peut-être droit elle aussi, un jour, à une vie apaisée. Elle lui fait son plus joli sourire.

— Tu préfères gros ou petits ?

— Quoi ?

— Pour mes seins !

Il est ému.

— Petits.

Mohammed, en tenue de pompier, est assis à l'arrière d'un véhicule d'intervention, les yeux dans le vague. Il regarde sa montre et pense au combat de ce soir, celui qu'il aurait pu faire. À cette heure-là il doit être terminé et il aimerait bien en connaitre l'issue, il aimerait surtout que son pote l'ait gagné. Il baille, laisse aller sa tête en arrière contre la vitre, et ferme les yeux.

Santa remonte le Boulevard Barbès, il est totalement déboussolé. Nevada est morte il y a exactement cinq nuits et il n'a toujours pas l'ombre d'une piste. Mais rien ne le fera abandonner, s'il faut mettre Barbès à sac il le fera. Pour ça il ne doit pas dormir, alors il sort le petit flacon de sa poche, vide. Il l'explose dans le caniveau, les morceaux de verre sont projetés sur plusieurs mètres, les passants le regardent comme s'il était cinglé. Il fait demi-tour, direction la goutte d'or, il faut qu'il trouve de la Dexé.

Dans la camionnette des pompiers les messages radio s'enchainent.

— *Scritch. Je répète pour un AVC à l'ancien hammam. TPN4 pour central. Scritch. Central j'écoute. Scritch. Un adolescent tué accidentellement par balle au niveau du 243 boulevard Barbès envoyez VASV. Je répète adolescent tué accidentellement par balle, 243 boulevard Barbès, envoyez VASV. Scritch. Bien reçu TPN4 Bien reçu. Scritch.*

Remerciements

Merci à Karine, ma femme, pour son soutien indéfectible, à Danielle pour ses relectures éclairées et nos échanges si riches, à Nine et Dumas, mes enfants, pour leurs conseils en vocabulaire spécialisé...

Merci enfin, au Coronavirus, pour le temps libre qu'il m'a offert.

Printed in Great Britain
by Amazon

70821081R00154